文芸社セレクション

四次元の箱庭

友浦　乙歌

TOMOURA Otoka

文芸社

四次元の箱庭／目　次

プロローグ

小学生の頃、俺はずっと病院にいた。子供の頃の六年間——それは永遠にも似た年月だった。

あの看護師さんに出会っていなかったら、俺はどうなっていたのかわからない。

俺は、親に手を引かれながら笑顔で退院する子を何人も送り出し、悲しみに暮れる家族に囲まれた重病の子を何人も看取った。

でも俺はずっと病院にいた。一人きりで。

白い壁の内側の孤独、病んでいく俺を救ってくれたのは、優しい——看護師さんだったんだ。

登場人物紹介

加藤(かとう) 白夜(はくや)（23歳／男）
一条家の専属看護師に転職。理想の看護師になるため愛長医大を去った。

一条瑠璃仁(いちじょうるりひと)（19歳／男）
「境界失調症」を患い、現在大学を休学している。教科書を読んでいる間だけは幻聴がきこえない。

一条(いちじょう) 伊桜(いお)（12歳／女）
「不明熱」で小学校を休んでいる少女。春には卒業を控えている。

一条(いちじょう) 勝己(かつみ)（24歳／男）
一条家の跡取り。伊桜に甘いと椋谷によく言われる。

矢取(やとり) 暁(あきら)（21歳／男）
一条家使用人の一人で、勝己専属の付き人。使用人相手には厳しいが、一条家には極めて従順。

一条(いちじょう) 椋谷(りょうや)（24歳／男）
勝己の異父弟で、一条家使用人の雑用係。兄弟仲は非常に良く、タメ口は黙認されている。

渡辺(わたなべ) 春馬(はるま)（27歳／男）
穏やかな庭師。細かな気配りが得意。

針間(はりま) 俐久(りく)（31歳／男）
情け容赦のない鬼畜精神科医として恐れられている。

南(みなみ) 颯太(そうた)（23歳／男）
白夜の後輩看護師で、泣き虫。成人しているとは思えぬほど童顔。

第1章　正しいことが不正解になる世界

第1話　今日から一条家専属の看護師になりました。

二十三歳の冬。加藤白夜（かとうはくや）は看護師として三年勤めた愛長医科大学病院を惜しまれながら辞めた。今日から新しい職場となるのは——。

ここが都心だということを忘れるほど緑あふれる敷地の中に、知的で洗練されたオフィスのようなお邸（やしき）が、現代の息づかいと共に豪邸として存在していた。正面玄関を入ると吹き抜けの天井になっていて、それにしても風通しがよかった。あまりの高さにくらみそうになって胸がすうっとする。前掛けをかけた中年女性が出迎えてくれ、案内されるまま付いていく。

（こんなお邸が職場というのは……そうはないだろうな）

古めかしい立派な飾り柱のある長い廊下を行ったと思うと、「こちらが執務室です」と紹介された部屋の中へ。木製のドアの厚みに負けぬよう強く叩けば、まるでドラマで見るようなノックになった。架空と現実が混ざっていく感覚。そこにはあの都会的な外観からは打って変わって、厚みのある絨毯と、一昔前の意匠のような重厚な執務机。

その脇に——自分より二回りほど小さく幼い青年が、主不在の執務机の傍に堂々たる直立姿で待ち構えていた。

「おはようございます。加藤白夜さん、初めまして」

逆光が深いコントラストを刻んでいた。

「私は矢取暁（やとりあきら）です。ここでは矢取家の人間がたくさんいますので、私のことは下の名前で呼んでください」

「こちらこそ初めまして。今日からお世話になります」

兄弟で言うなら弟（妹でも通るかもしれない？）に当たりそうな容姿だ。だが目の前の彼は、ここでの先輩となる人だった。パッと見おとなしそうな印象を受ける長めの髪と、少女のような面立ちの——しかし凛として張りつめた緊張感。暁はそれから物も言わずまっすぐに白夜に近寄ってくる。そういえば自分から挨拶をするべきだった……かな？と白夜がやや反省していると、頭のてっぺんから靴の先まで、見定めるようにまじまじと確認され、「両手を」と言われて手を出すと、手には綿の白手袋をしていたがそれを脱がされてチェックされる。白夜はふうと内心胸を撫で下ろす。爪が伸びていないか見られたのだろう。幸運にも切ってあった。暁は一つ頷くと手袋を元に戻すように合図し、それから白夜のネクタイの位置を微調整した。

「提出書類は、すべて記入を済ませ、揃っていますね？」

白夜は返事をして、自分の鞄から書類の入った封筒を慎重に取り出す。厳しそうな人だな、と思った。実年齢はわからない。見た目は童顔といえる顔つきなのだが……それに、腕を伸ばして白夜のネクタイを真っ直ぐに正すときはややつまさき立ちになりながら、だったが、しかしそんな見かけや実年齢や身長差やらを十分に覆すほど、風格、雰囲気、そもそも相手に舐められないようにマウントをとる確固たる意志のようなものを白夜は彼に対して感じ……この人にはとりあえず逆らわないことを心に決めて顔を上げた。今できる限りの意識でもって姿勢を正して、書類を差し出す。

「これから、一条家の皆様へご挨拶に伺います」

「はい」

「粗相のないようにお願いします」

「はい」

「特に伊桜お嬢様は、少々気難しいところがおありですから、気を付けるように」

「はい」

油断なくきびきびと返事をする白夜に満足したように暁が僅かに頷いた——と思ったら、その「はい」の返事の声のトーンは邸内では少し大きすぎるだの、「は」と「い」の間隔をもう少し空ける方が一条家の使用人らしいだの、厳しい口調で指摘される。それから姿勢、歩き方、お辞儀の角度、下げている時間、笑顔の口角、目尻の角度に至るまで細かな注意が続いた。えっ、そんなことまで気にしなくてはいけないの？　と疑問に思ってしまうほど。それを見抜いたように、暁は言う。

「ここにいる私たち家事使用人の仕事は究極のサービス業です。オーダーメイドで、唯一無二。お客様である一条家の方々のプライベートな生活にも、そして人生にも深く入り込みます。そのための知識や感覚は、こちらも一生をかけて学び、築いていくのですよ。仕事という枠を超え一条家の幸せをどこまでも追求していく。あなたは、その覚悟があってここへ来たんですよね？」

白夜は押し黙った。高らかにそう言い切る暁は、どこかまぶしく輝いていた。

お客様の人生に深く入り込む、究極のサービス。

白夜はここが自分の求めていた環境なのだ、と、確かに感じた。医大病院を去ってはるばるこのお邸に転職し――そう、ここここそが。

（そうだ――頑張らなくちゃ。ここで頑張って、理想の自分を手に入れる……ここで頑張れば理想の自分が手に入る！）

白夜は背筋を伸ばし、短く「はい」と返事をした。うまく微笑みも添えられた、と思った。

第２話　不機嫌お嬢様が全然食べてくれないので使用人達は困っています。

白夜が裏手の使用人廊下を暁と歩いて移動しているころ、壁を隔てた向こう側では――

半円形の壁に囲まれた寝室の中央、大人が三人は眠れるだろうという大きさの天蓋付きベッドの真ん中に、小さな少女がしかめ面でうずもれていた。

「伊桜～……おい、わがまま言ってないで食わねーと、よくならねーぞ」

その脇には猫足のように脚の丸められた小机があり、食器の載ったお盆が置かれている。黒のスーツを着た栗色の髪の青年が膝をついて、少女に呼び掛けながらフォークを差し出す。

「この前菜、プチヴェールのミモザサラダだって。栄養価高いらしいぞ。みてみ？ ほーらタンポポみたいに黄身がぽしゃぽしゃ、わぁかわいい。春っぽいし、いいなー、いいなー、……なー？」

あやすように、料理の説明を添えている青年の名前は椋谷（りょうや）といった。彼に伊桜と呼ばれる少女は、差し出された銀のフォークの先にわさっと大きく盛られたプチヴェールの葉を、目の敵のようにしてじっとにらむと、

「やーっ！」

と、叫ぶ。薄桃色のひらひらした寝間着（ネグリジェ）の袖から出た両の手をぎゅっと握って。大きく開けた口は、勝手な侵入を拒むよう、すぐに真一文字に引き結ばれた。

椋谷がため息をつくと同時に、ぐー……と、彼のおなかの虫が鳴いた。

「……椋（りょう）兄ぃが食べればいいじゃん……」

気まずくつぶやく伊桜に、椋谷は弱ったように笑う。

「……これは俺ンじゃなく、伊桜のなの」

伊桜が食べ終わるまで、この邸の使用人である自分の昼食はいつもおあずけなのだ。もちろん、まかない料理はこんなに豪華なものではないが。

伊桜に食べさせるのには、本当に苦労していた。でも、病気でただでさえ栄養を必要としているのに、残してばかりではいけない。

「ん、じゃあスープぐらいなら飲めるだろ」

椋谷はそう言って食器を持ち替え、丸いカップを両手で包み込むようにして温度を確かめる。

「まだあったかいぞ。伊桜はエビ好きだろ？　一口だけでも飲んでみろ。そしたら勢いでいけるかも」

「ん…………」

長い沈黙。にらみ合い。

「ひ、と、く、ち、だ、け」

「んんん…………」

耐え兼ねたかのようにその沈黙を破ったのは、椋谷の腹の虫だった。ぐー……とまた鳴く。その音にさすがに諦めたようにして、「…………わかった」と、伊桜は頷いた。

両手を差し出し、スープカップを受け取る。

「いい子だ」

小ぶりのさくらんぼのような赤い唇を縁につけ、こぷ、と一口。

「う……う、うえ……ごほっ」

片手を口元に当ててうずくまるように俯く伊桜。椋谷はあわてて背中をさする。

「どうした？」

「大丈夫か？」

波打ってこぼれかけたスープカップに手を添える。白手袋が器の縁を伝う汁を吸った。

伊桜を見れば、金糸のように細く長い髪の毛が数本、濡れてきらめきながら唇に張り付いていた。真っ新なハンカチを手に取って、優しく拭いてやる。

「もう、やっ。食べたくない……。こっそり……椋兄ぃ、食べちゃってよ」

「それじゃ、だめなんだよ」

伊桜に負けないくらい、椋谷も弱り声だ。

「ほらっ。春から、中学生になるんだろ。そしたら、登校も再開して……」

「いいよ、どうせ、行けないもん」

椋谷は伊桜の手の上から、今度は両手でカップを包む。

「食べなきゃ、行けないかもな」

「うー……」

むせたからか、そうでないのか、涙目でうなる。

「でも伊桜は……食べないよ……無理だよ」

「じゃ、病気が治らなくて死んじゃうぞ」

「伊桜、死ぬの？」

「そうだ」

断定し、椋谷は続ける。

「そして、伊桜がちっとも食べないと、俺もちっとも食べられないだろ？　だから、俺も餓死する」

「一緒に死ぬの？」

「そうなるな」

蝶が花にとまるように、椋谷は、優しく頷く。

「……じゃあ、食べなーい……」

「ばか」

なぜか視線をそらす伊桜の頭をこつん、と、小突く。

「死んでどーするー、食え～」

「やー！」

くすぐられたように笑いながら、体をくねらせいやがる伊桜。

ノックの音がした。

二人がその方を向くと同時に開くホワイトチョコレートのようなドアには、一条勝己（いちじょうかつみ）の姿があった。クラスの中心人物のような華のある雰囲気に、上品な優等生を掛け合わせたような、いかにも申し分のない一条家の長男だ。

「あー……勝己……ちょうどいいところに」

「どうした？」

その大人っぽさの中に愛嬌を感じさせる茶色の瞳をくりりと向けてくる。

「って……あれ？　暁は？　一緒じゃないなんて珍しい」

椋谷の呼びかけに、勝己は自分でドアを閉めこちらに歩み寄る。一人部屋にしては広すぎて、声が届かない。

「暁達はもうすぐ来るよ。新しい使用人さんと一緒にね」

明治時代から続く一条グループの跡取りである勝己は、五代目である祖父・義己や、六代目の父・正己に付いて回らされていて、歴代の後継者の宿命通り、多忙を極めていた。

「暁は先輩として、今日入ったその子に教えることなんかがいろいろあるみたいだから、おれは邪魔にならないように先に来た」

椋谷は、そういえば自分も使用人になったときは、年下の暁に厳しくさんざん躾けられたなと思い返した。それで伊桜や勝己に対してきっちり敬語を使ったこともあったが、椋谷の場合は、気持ち悪がられて結局なあなあだ。

「伊桜ー、調子はどうだ？」

「ん」

伊桜は澄ました顔で、減っていないスープカップを勝己に見せる。

「またごはんいらないってさ」

　椋谷はそれとなく場所を譲って、後ろに下げていた椅子を出して勝己に座らせた。自分はその脇に立つ。

「んー……、そうかぁ、世界の高木シェフでもダメなのか……。手厳しいな伊桜は」

「おいしく……ないもん！」

　べーと赤い舌を見せる伊桜に、椋谷は横から「こらっ」と手刀を振り下ろしてやる。伊桜は大げさに勝己の陰に隠れる。

「また違うシェフ呼ぶのか？」

「そうするしかないだろう。伊桜の口に合うかどうかが大事なんだし」

「でもよ、同じなんじゃないのか？　高木シェフも、前のピエールなんとかというシェフも、世界に認められた一流シェフなんだろ？」

「好みの問題もある」

「偏食と同じで、甘やかすばかりじゃ、食べられるものもどんどん減ってく一方なんじゃないのか。栄養バランスは完璧なんだし、だったらあとは頑張って食べるしかねーよ」

「とりあえず、あと一人だけ試してみよう」

「ふーん。一条家のエンゲル係数が、かつてこんなに高かったことがあっただろうか。いや、ない」

　椋谷の言い回しに、伊桜がクスリと笑う。

「伊桜は笑ってる場合じゃなーい。って、意味わかってないだろー?」

　勝己に柔く頬をつねられて、伊桜は身をよじって逃げた。ひっくり返しそうになったスープカップを「おっと」と椋谷が受け止め、なんとか伊桜の布団は汚れずに済んだが——

「さ。椋谷はもう食事をとってきていいから」

「……別に、俺は構わない」

　椋谷は、受け止めたスープで、べたべたのひたひたになった手袋を外す。

「そう言ってくれるのはありがたいけど、でも、とにかくもう行きな」

「……」

　主である勝己に指示するように言われては、使用人である立場上椋谷は逆らえない。だが、時間がかかってもいいから、伊桜に自分の手で食べさせてやりたかった。

　その時ノックの音がした。勝己が振り返らずに「おー」と返事をする。

「失礼します」

　声の主は、暁だ。黒の髪と同じ色のスーツ、若々しい外見とは裏腹に、ゆっくりと一礼する様は、まるで熟年の執事のよう。今年で二十二になる彼は、一条家に仕える家系である矢取家の一員で、そのしきたりに従い生まれてこの方ずっと一条家に仕え続けてきた。

「暁、今日はさすがに作りなおしてもらおう。ここのところ、食べてもひと口ふた口とかで、本当によくない」

「そうですか……」

　暁は勝己から視線を伊桜に移し、

「伊桜お嬢様、お口に合いませんでしたか？」

　ベッドの近くまで寄り、その脇で膝をついた。

「ん……。食べたくないの」

「どんなものなら召し上がれますか？」

「……ゼリー」

「それじゃダメだって伊桜」椋谷が口を挟む。「なー頑張ってもう少し栄養価のあるものにしとくれ。甘い物はダメー」

「む……だって、食べたくないし」

「病気治すために頑張ろう、な。無理とかいやとか言わない」

「じゃーあっ、どんぐり味のイベリコ豚のソテー！　はちみつ味の熊の右手煮！　今すぐここに持ってきて」

　意地悪く挑発的に言い放つ伊桜。暁は動じず、

「どんぐり味は叶えられないかもしれませんが、イベリコ豚は国内の専門店を当たればなんとかなるでしょうか……。でも熊の右手は、すぐには難しいですね。北京まで仕入れに飛んでも、ご夕飯までに間に合うかどうか」

「おまえなあ……真剣に言ってんのか」

飛ぶって、飛行機で隣国まで買いに走るということか。椋谷は呆れて——伊桜にも暁にも呆れて、また割って入る。だが迎え撃つ様に、伊桜は笑った。

「無理なの？　じゃあ、伊桜も無理だもーん」

「……ふざけやがって」

椋谷の中で、何かがはじけた。

「伊桜！　わがままもいいかげんにしろ！　本当に死にたいのかよ！」

はっきりと怒気を含める椋谷に伊桜が一瞬泣きそうな顔になり、「だってっ、なにも食べたくないんだもん！　無理なんだもん！　なんで、伊桜が無理っていうと、わがままっていうの!?」そして、布団をかぶって顔を隠してしまった。

勝己がふうとため息をつき、それにつられて暁が責めるように椋谷を叱る。

「……椋谷さん、お嬢様にそのような口の利き方は改めてください」

「きちんとした場所ではそうするって」

慣れたように聞き流す椋谷。暁も、言葉遣いが原因ではないことぐらいわかっていた。

「椋谷も、おれたちも、伊桜のことを心配してるんだよ。わかるだろ、伊桜？」

「……」

勝己の呼びかけにも応じない。

「おーい、伊桜～？」

「……」

とうとう、黙り込んでしまった。その場の全員が途方に暮れる。なぜ、こうなってしまうのか。伊桜は病気で、体力もなく抵抗力も弱い。どうにか食べさせなくてはいけないのに。

「あの……」

そこに、突如として投げ込まれた聞き慣れない声——その声に一斉にドアを振り返る。開けっ放しになったままのそこには、不思議な青年がおっかなびっくり立っていた。

「ベッドにいらっしゃるのは一条伊桜さん、ですよね」

彼の恰好はちょっと変わっていて、黒のスーツに白いラインが入っている。

「カルテによると伊桜さんは、毎日熱が出るということで強めの解熱剤を常用されているようにみえますから、肝臓がやられて、食欲がないのだと思います」

彼は話し始めるともう慣れたペースでベッドまで近づいて、手に抱いていた紙カルテの中の看護記録と書かれたページにペンを走らせる。

「それは、仕方のないことで、無理もありません」

彼の存在に皆が戸惑う中、ベッドの中で静かに、しかし確かに息を呑む気配があった。

「……わがまま、じゃ、ないもん……」

震える声で、そう細く漏らす。

「はい。わがままなんかじゃありませんよ」白線入りスーツの青年は肯く。「よく耐えて頑張ってますね。まずは担当の先生に伝えて、別の方法も考えてもらいましょう」

もぐりこんだ伊桜が、布団を揺らしてこくりと頷く。

「それでも、毎日ほんの少しずつでも食べているようで、なかなか感心ですね。伊桜さんがこれだけ頑張っているのですから、きっと病気もよくなりますよ。それにこれからは、僕がついていますから、もう大丈夫」

その白黒の青年は、そう言ってにっこりとほほ笑んだ。布団の隙間からそれを見ていた伊桜は――

「……っく、ひっく、うわあーん」

涙がぽろぽろ、ぽろぽろ……。止めようと思っても、堰を切ったようにあとからあとからあふれ出てきてしまう。伊桜のその反応に、白線入りスーツの彼は一瞬驚いたものの、すぐに慈愛に満ちたまなざしで、その様子を見守る。食べないの一点張りで、ずっと頑なだった伊桜が、こんなにも弱々しく涙を流して、縋っていることに、椋谷も暁も、呆然と立ち尽くしていた。

「あの、君が？」

勝己の問いかけに、白夜は伊桜の背中を撫でながら答える。

「申し遅れました。本日よりこちらでお世話になります、加藤白夜と申します。一条家の方のお手伝い兼、看護師として呼ばれました」

伊桜の泣き声が響き渡る室内。

「お手伝い兼、看護師か……」

椋谷は、力が抜けたようにつぶやく。「なるほどな」

白夜が彼の声色の意味を考えるより先に、暁がつかつかと進み出てきた。

「か、看護師である前に、あなたは一条家に仕える身です。伊桜さんではなく、伊桜様、または伊桜お嬢様とお呼びするように」

「えっ！　あっ、はいっ」

すごい形相で睨まれた。顔の赤い彼に、白夜は慌てて頭を下げる。

「申し訳ありません。失礼しました」

「私に対してではなく、伊桜様に謝罪してください」

「――はい。も、申し訳ありませんでした、伊桜様。あの……？」

白夜が訊ねても啜り声を止められず返事ができない伊桜に、勝己が、困ったようにほほ笑んで言った。

「いいよ。ごめんね、おれからお礼を言うよ。ありがとう」

白夜は会釈を返したが、勝己はちらと視線を外した。白夜は無意識にその先を追い――椋谷と静かに目が合った。でもすぐに視線を落とされた。――沈黙。

「あの、すみません？」

白夜は椋谷の顔を覗き込む。伊桜の前に、立ち尽くしている彼。

（あれ……？　説明不足だったかな）

白夜は「では、食事のこと、僕からざっと伊桜様にお話ししましょうか？」そう言いかけると、勝己が首を横に振った。

「ううん。予定通りでいい。さ、移動しよう」

「えっと……そうですか。でも、食べられるもの、ご夕飯にも間に合うかもしれないですよ？」

言いよどむ白夜だが、

「いいから、ね？」

勝己の優しい口調には、しかし反論を許さぬものを感じた。白夜は、もどかしくなって伊桜の方を見た。俺はもっと役に立ってあげられるのに、このままだと引き離されてしまう。苦しみから解放された伊桜が白夜に一言「ここにいてほしい」と言えば、みんな分かってくれるだろう、と期待を込めて。

だが伊桜は、いつの間にか乾いたまつげを翳らせ、目を逸らして言ったのだった。

「出てって」

そうして彼女が、白手袋の外れた椋谷の手を握るのが、視界の隅に映った。白夜が何か言葉を言うより早く、勝己が手招きする。「さー、こっちだよ」

第3話　優しくなりたい看護師くんはしかし鈍感のようです。

伊桜の部屋を後にして、廊下を歩き進んでいく。ホテルのように長い廊下だった。白夜は押し黙って後に続いていた。

お嬢様に拒絶されてしまった。

居心地が悪くて、ずらっと飾られている絵画を眺めて歩く。壺の前を通ると花の香りに一瞬包まれた。嗅いだことのない紫の花の濃密な匂い。白夜は密かにふうっと息を吐く。

(俺、何が悪かったんだ……ろ)

暁からは最初に注意されていた。「伊桜様はとても気難しい人だ」と。確かに、本当そうなのかもなと白夜は思った。専属看護師をつけるほどだ。みんな困っていたのだろう、と。でも、だとするとこの空気の重さはいったい何なのだろう。じっと息をひそめて注意を払われていて、こちらが注意を向けようとしても誰もいない。黙りこくった森の中を歩くみたいに。そこにはただ気配だけがあった。なんだろう、この重い空気は。拒まれているのは、どうやら伊桜からだけじゃないようだった。

「白夜くん、その、すまないね。みんな、今まで伊桜のためにあれこれ考えて、走って、必死だったから……」

横を歩く勝己がそう言って白夜に視線をくれた。

「そうですよね。それなら原因もわかって、もう大丈夫ですね。よかったですね」

白夜はなんだかほっとして、にっこり笑って言った。伊桜が泣いて、そして、追い出されてしまって。だからこんな空気になってしまったのだろう。

「みなさんのお役に立てて嬉しいです。いや、あはは、伊桜様は、本当に気難しいお方ですね！　僕ももっと頑張りますね！」

白夜は違和感を気にしないつもりで、自然体を意識して足音を立てて歩いた。すると
――先を歩く暁が、振り返って言った。

「何がっ、気難しい、ですか！」

その声にははっきりと敵意をむき出しにした怒りがこもっていた。

「えっ？」白夜は全身が硬直するのが分かった。

「えっ、じゃないです！」

ついに牙を剝いて襲い掛かってくる。気のせいのはずがなかった。気難しいと言われた伊桜だけじゃない。ここにいる人たちが、白夜に対して、何か敵意を向けている、と。白夜は鼓動が速くなった。自然体でいようなどという意識はとっくに消え去っていた。

「ご、ごめんなさい！　僕、なにか……？」

「なにか？　ですって？」

威嚇しながら白夜の周囲をゆっくりと回るように、暁は息を吐く。

「え、えっと……」

「そもそも謝り方がなってませんね。大変申し訳ありません、と、言い直してください？」

「た、大変申し訳ありません……！」

勝己は、あちゃーと苦笑いを浮かべていた。

（一体――……何だ……俺、なにか、してしまった？　待て待て待て……）

白夜は血中にアドレナリンががんがん流れていくのを感じた。心拍数、血圧、上昇中。とりあえず、やはり自分が何かミスをして怒らせてしまったらしいことだけは、もうはっきりした。でも……なんだ……？　俺、何かした……？　看護師として間違ったことは言っていないはずだ。結果だけを見れば、大切なお嬢様を泣かせてしまったことにはなるけれど、でもそれだってやっぱり、気持ちが楽になってほっとして出た涙だと思う。それは間違いないのに。いや、出てって、って言われたけど。でも……でも、なんでだ？　あ、もしかしたら暁さんは、俺が伊桜様を悲しませて、泣かせてしまったと思っているのか？　とにかく、今この空気をなんとかしなくては――白夜は口を開いた。

「あの、あのですね、伊桜様は、悲しくて泣いたんじゃないんですっ。追い詰められていたんだと思います！　ただでさえ毎日熱が出て弱っているのに、望まないものを無理やり食べさせられたら、精神的に参ってしまいますから――」

その時、正面から、

「黙れ！」

遮るように、暁の感情を載せた重い咆哮が飛んできた。白夜ははっと思わず口をつぐむ。

何がここまでこの人をこんなに逆立たせるのか。

ただ、黙れと言われた通り――自分がこれ以上口を開けば、事態がさらに悪くなるような予感だけはあった。ここまで鋭い敵意を向けられたことに、恐怖が襲ってくる。でも。

「その……大変、申し訳ありません……。……間違っているところは、今後直していきますので――どうか教えてもらえないでしょうかっ！」

自分が間違っていたなら、謝りたい。そして間違っているところは正したい。その覚悟をもって、ここに来たから。だから白夜は頭を下げた。

「本当に申し訳ありません。でも、でも……お願いしますっ！」

唐突な怒りに、唐突な謝罪。

その光景は邸では稀にみる荒れ模様なのであろう。いったい何事かとハウスメイドや警備員が遠巻きに心配そうに様子を窺っている。

白旗を掲げ全面的に教えを乞う白夜に、すでに暁は毒気を抜かれていた。それでも、あれだけぶつけた手前、言葉が出てこない。そんな様子を見かねて、とりなすように勝己が割って入る。

「いや、俺は、白夜くんは言うほど何も間違っていないと思うよ」

意外なほど朗らかな声。白夜は顔を上げる。栗色の髪の先一本一本まで育ちのよさが行き渡っているような勝己に、目を見つめられてゆっくりはっきり優しくそう肯定されると、なんだかこんなにちっぽけな自分は、何を焦ってこんな大きな声を出していたんだっけ？　と世界が切り替わるような心持ちになってしまう。そもそも、お仕えすべき勝己様の前で、使用人同士がこんな衝突をしていることが何よりも問題だろう。でも勝己はそんな、俗世から離れた面を外すように、少々いたずらっぽく笑って続けた。

「というかさー、間違っていたのは俺達だよね」

暁は、弾かれたように背を向けた。その背に向かって「な、暁」と、勝己が呼びかける。

「……」

沈黙が返ってくる。

「あー。暁が無視したー」

「かっ、勝己様！」

その瞬間叱られた仔犬のように反応した暁は、勝己の元へ。

「違いますっ、違いますっ!!　勝己様を無視するなんて、ご、ご、ごめんなさいっ」

（あれ、大変申し訳ありませんでしたじゃないの？）

白夜は思ったが……さすがに口には出さない。

「じゃあ、ちゃんと返事して。ほら、白夜さんにも謝って」

「――はい」

暁は泣きそうな赤い顔で、取るものも取らない勢いで白夜の前に正面から向かい合うと、

「……すみません」

踵を合わせ、迷うことなく殊勝に頭を垂れた。染みついた美しい所作で。

「あっ、いえ、そんな、僕に謝る必要なんて――まったく、これっぽっちも！」

そもそも白夜のために謝るというよりも、主人である勝己の意思に従うために謝っているようであったが。先ほどはなぜ怒ったのかが知りたかった。そして、可能ならば、伊桜が自分を追い出した理由も併せて教えてもらいたかった。そうしないと、また同じことを自分が繰り返してしまう。しかし、暁はもう、恥じたようにくるりと背を向けてしまった。

「では、瑠璃仁（るりひと）様のお部屋に参りますので。重ねて言いますが粗相の無いよう十分に注意してください」

切り替えるように、そう告げられる。回答は得られなかった。白夜は、やはりそろそろ引き下がるべきなのかもしれないと自信を無くし、「はい」と頷いた。いくら新人とはいえ、教えてもらう場所やタイミングはわきまえるべきであり、一条家の方の目の前では控えなくてはならないだろう。今の状況を覚えておいて、何が悪かったのかは後で個人的に聞きにいこう――。でも状況って、どこまで覚えておけばいいんだ？　そう考えるとなかなか大変だ。触れたらまた怒らせてしまうかもしれないし、教えてもらえるかもわからない。これから、どこに地雷があるのかわからないまま、仕事をしなくてはならないのかと

思うと、行動するのが怖くもある。

だがそのとき小さく、

「……さっき勝己様がおっしゃった通りですので」

背中越しに、そう声が聞こえた。白夜は顔を上げた。暁が答えをくれたのだった。

（さっき……？）

いや、勝己がヒントをくれていたという。

「こちらが瑠璃仁様のお部屋です。ご挨拶しますよ」

しかし暁は白夜に考える時間は与えず、素早く二回ノックする。「瑠璃仁様、失礼いたします」その声はもう柔らかく、さっきまでの怒気など完全に引っ込められていた。初対面のお邸の住人の御前に出るとあっては、白夜も無理やり意識を切り替えた。ドアの向こうから返事はない。勝己が「入るねー」と大声で呼びかけ、押し開ける。途中から暁が引き継ぐようにして、木製の厚みのあるドアをぐっと押して開ける。

第4話　患者二人目には幻聴が聞こえています。

伊桜の中世ロココ調のお姫様のような部屋とは正反対に、真っ白い壁に黒の机、そして濃茶色のソファやラックの、邸の外観と揃いの都会的でシックな家具がまず目に入る。その色味の中でもなんだか暗い印象を受けないのは——。光のある方へ目を向けた。どういう建築方法なのか、壁が一面まるまる単純に取り払われたかのように、柱も段差もなく大きく開かれた広い広いバルコニーから射し込む日差しがある。時間という概念もないくらい幼い頃に見ていたような光がそこにあった。よく見ると窓ガラスは蛇腹のように折りたたまれて脇にある。広い軒の出の先は、徐々に芝に変わっていっている。二階に位置するここに現れた庭は、空中庭園のようだった。空が広がっている。その向こうにぺたんと座り、こちらを半身振り向いて、小さく手を振っている白いカッターシャツの青年がいた。手には、厚めの本を持っていて、脇にも数冊積まれている。白夜たちは、彼の元へ歩いた。

「瑠璃仁、いいかな?」

勝己がそう話しかけると、彼は、おや?　とした顔で白夜を見上げる。

「こんにちは。初めまして」白夜は座っている彼の前に歩み出て膝をつき、視線を少しばかり低くして挨拶をする。「今日から看護を担当させていただきます、加藤白夜です」

彼は透明度の高い眼鏡越しに白夜の挨拶を穏やかに聞くと、

「こんにちは。新しい使用人さんですか。僕は一条瑠璃仁。あっちで木を刈り込んでくれている彼が、渡辺春馬くんです」

そう紹介を返した。彼の指した指先では、植木を刈っている長身の男性がいた。ぺこりと人の好い笑顔でお辞儀をされたので、白夜も返した。

「これはね、うん。アボットの『フラットランド』。小説ですね。この物語はね、二次元空間の住人が一次元空間を旅したり、三次元空間に連れてこられたりするはなしなんですよ」

白夜は、そう話し出す瑠璃仁に意識を戻す。

「うーん二次元空間っていうのは、上下と左右だけの、奥行きのないぺしゃんこの世界。そんな世界にある日、３Ｄの球体が突如として現れたら、どうなると思いますか？」

「えっ、と」

どうなると思う？

突然のことに、面食らって白夜は、うまく答えを思いつけなかった。

だが話は――

「二次元の住民には三次元には見えないよ！　ふくらんで、消えちゃう！　あはははっ！

脳の構造が規格外」

先へと進んでいく。

「四次元は話して病気が杼はどこにいるの？」

「えっ？」

今、なんて？

自分の聞き間違いだろうか？　白夜は聞き返そうとするが――

「したおかげ悪夢って特異点と張り付いて落ちて、落ちて、落ちて……永遠が蛍光色ぽよ見ているぽよ僕分裂眺めもう一人2春のそよ、ふ、ふわ、もう言う精神外」

「あの……？」

え——？　え？　いや……

「君は僕が妄信し受けた気がする。最外殻電子が閉殻構造を取るため、反応性はほとんど距離が電子による遮蔽でイオン化しやすい。熱は大丈夫かな？　でも、ついていてくれるからね。それに、僕がいる。四次元の方向にはあって、不明さえ貫いてみせる。というか、ナンセンスが豊かにべきとは思わないか？　科目単位で分け……っと、居座って医者はリンクの未来の状態で、きっとあの子は自分の意志で優秀な脳外科かな、心臓外科？　だから病名つまり病気なのかな、って思うんだ。不安のシナプスが緑色で蠢いて、不安が繋がっちゃってる！　レセプターが薬！　とって、箱のレンガのだ！　そうだ！」

ごく変わらぬ調子でとうとうと語る瑠璃仁に、白夜は圧倒されていた。

日本語、だけど、文法もなにもかもめちゃくちゃだ。何をしゃべっているんだ？

「あー……君もしかして」瑠璃仁はすまなそうに尋ねてくる。「この本について僕に質問なんて、していなかったかな？」

もう、何事もないように微笑みながら。——意味の分かる言葉で、話しかけてくれる。

「は……はい」

とりあえず、白夜は頷く。何の本なのかな、とは、思ったが、聞いてはいない。

「ああ、失礼。じゃあ幻聴だったみたいだ。うん」

瑠璃仁はさらりとそう詫びた。その単語に、白夜ははっと現実に戻された。

「僕は、たびたび幻聴を聞いたり幻覚を見ることがあるからね。混ざってしまって、こうしてわからなくなることがあるから、みなさんには迷惑をかけてしまいます。ああ……今も、僕の言ったことは、めちゃくちゃな文章になっていたかもしれません。そうだとしたら、すみません」

空を往く鳥を見つめながら、彼はそうつぶやいた。「……たぶん、そう、だよね？」

「は、はい……」

「ごめんね。いつか僕の転ばぬ先の杖になってください」

「……もちろん、全力を尽くします」

カルテには精神障害──「境界失調症」のことが記されていたのだ。そうだ。これは、幻聴、妄想、言葉のサラダ──境界失調症の症状じゃないか。

第2章　数学者はまとまらないサラダを口から幻聴に悩まされ

第5話　看護師くんはもともと医大病院の精神科勤務だったのです。

瑠璃仁は、春を前にしたやわらかな陽に照らされながら、鳥がいなくなっても青空を見ていた。

白夜はその傍らに膝をついて座り、静かに瑠璃仁を観察していた。彼は、穏やかな微笑を浮かべながら、何者かに相槌を打っている。「うん、うん」

長年連れ添う妻のおしゃべりに、聞いているのかいないのか耳を傾ける老夫のごとく、

「うん。そうなんだ」

手持無沙汰に、本を替え、ページを繰り、

「あはは。君は面白いねぇ」

仕方なしに、そう言っては微笑んで。

「ん。そうかー、そういう考え方もあるかー」

白夜は一言もしゃべっていない。

「いいなあ。僕も、君達のように四次元の見方をしてみたい」

瑠璃仁が一人でしゃべって一人で笑っているのだ。

れば幻聴が聞こえるという。そして言葉のサラダ。さっきは思わず面食らったが、冷静になればどちらも精神科ではごく見慣れた光景の一つだ。

言葉のサラダというのは、さっきのような意味不明な言葉の羅列のこと。一見すると奇妙だが、別に本当に無意味なことを言っているわけじゃない。ちょうど、本の背表紙が取れてページがばらばらになってしまったようなもので、その一つ一つをみれば普通だったりするし、もともと本人なりには繋がっていて、意味がある。連合弛緩、つまり接続がうまくいっていないだけだ。精神の病気の症状。ただし、思考も上手に接続されていないことになる。結構重症だ。カルテの書き方からはそこまで酷い印象を受けず、気付かなかった。

そして、いまは幻聴と話しているようだが――幻聴は、確かに声が聞こえるのだろうか。それとも聞こえる感じがするだけなのか……？　どれくらい聞こえているのだろうか。白夜は瑠璃仁を注察する。右に、左に、相槌を打ち、時折自分から話しかける。声は何人だろうか。耳元で実際に囁かれる様な感じなのか、テレパシーの様に頭の中に直接響いているのか……？　白夜と会話している最中に、彼は幻声に返事をしてしまっていたから、普通の声として耳から聞こえてきていることになる。となると真性幻覚の方か。「境界失調症」の診断が下りているけど、持続性妄想性障害の可能性は？　薬は何を飲んでいるのだろう。

白夜は手に持っているカルテを見た。

（あれ？）

この投薬は、あまりみたことのない組み合わせだと思った。というより、増悪になるのではないか？　医大時代によくお世話になった針間ドクターなら絶対に選択しないような薬も入っていた。

（担当医は……若槻ドクターか！）

覚えのある名前だった。若槻馨先生。いつも笑顔でとても丁寧で、患者の気持ちに寄り添うような優しい診察をする、良い先生だ。それにしてもこの治療はどういう意図があってやっているのか。白夜は静かに頭をくるくると回転させ——ふと止める。

（……ま、俺は医者じゃない。考える必要はないし、考えてもわからない。余計な口出しをするべきでもない）

基本的には医師を信じ、看護に徹するよう努めなくては、チーム医療の妨げとなる。自分は医者ではない。医者になりたいわけでもない。看護師としてできることをすべきだと思い直し、再び瑠璃仁を見つめる。

うららかな空中庭園で、姿なき声と対話する瑠璃仁。知己の亡き友と座っているような——どこか、切ない調子で。

「ねえ、加藤さん」

ふいに名前を呼ばれて、白夜は姿勢を正した。

「はい」

「白夜さんと呼んでもいいですか？　うちではだいたい名前で呼ぶんです」

「はい、もちろん構いません」

「じゃあ、白夜さん」

瑠璃仁はそう言って、軽く微笑みかけてくれる。白夜は思わず微笑み返した。「はい」日差しに彼の髪が透かされている。きれいな人だ。

仕事でこんなに初めから名前で呼ばれるのはやや慣れないが、加藤と言う苗字は白夜の出身地には多く、白夜という名前の珍しさや呼びやすさで、名前で呼ばれることは昔から多い。一般家庭――あ、ではないけど――で働くということは、そんな親（ちか）しさも必要なのかもしれない。受け入れられていく安堵感を覚える。その期待に、応えなくては。少しでも打ち解けられたらと、瑠璃仁に向き合う。

「人には本来見えないものが見えるとき、どんな風に見えると思います？」

「はい？」

――しかし思わず聞き返してしまった。

「無いものが見えてしまうのではなく、そこに有るが見えないはずのもの――それが、見えてしまうとき」

幻覚のことを、相談したいのだろうか？

おもむろに、瑠璃仁の顔が近づけられた。胸に抱いた神秘を追究する学者のような、視線のエネルギーに射抜かれる。頬に手を這わせられた。白夜は反射的に避けようとしたけれど、思い切って、瑠璃仁にされるがままになってみた。瑠璃仁は気にも留めずに、両手で白夜の頬を包む。どきどきした。

「僕がもし、貴方の中が見えると言ったら……」

瑠璃仁は顔を傾けて、覗き込むようにして、

「赤だ」

そう呟く。そして「あー」と口を開けるよう促す。白夜は困惑しつつも、微かに開ける。

「ほら、赤い」

瑠璃仁は口内の赤さと自分の正答を噛み締めるようににっこり笑うと、白夜を解放した。これはいったい……⁇　戸惑いつつも白夜はほっとし、身なりを整える。ネクタイが歪んだので触って直した。

「口の中が赤いことは、誰でも知っていますよね。でももし、そうだね……もっと、知らないはずの深い内側の、姿、形、いや捉えようのない感覚——もっといえば、まだ見ぬ臓器を僕が言い当てたら……」

もっと深い内側？　捉えようのない感覚？　まだ見ぬ臓器？

「僕が言い当てても、僕が言えばそれは幻覚だと言われてしまう。そうだろうね」

瑠璃仁は見透かしたように続ける。

「看護師さんにこんなこと、すみませんね。おかしなことをいう精神病患者だとお思いで

しょう。まあ……その通りですから、どうぞお気になさらず」

触れられるのを恐れて、繊細な透明の膜を張るように、

「いえ、そんなこと……っ！」

そんなことを言わせてしまったことを、悔いた。

「僕はそんなこと思いませんよ。何でもおっしゃってください」

「ふー……ん」

瑠璃仁のさっきまでと変わらない穏やかな微笑み。

「じゃあ、僕の理論を聞いてくれる？」

風に勝手にページをめくられていた本を、ぱたりと畳む。風が止んだ。目が合った。眼鏡越しの理知的な瞳。カルテによると、年は十九で、現在大学を休学中だと――。変わらず穏やかなその表情に、微かに不穏を感じたような気がした。でも、気のせいだと自分に言い聞かせて、白夜は頷く。「はい。なんでも」

ふと、「ああ、もう……」と瑠璃仁は両耳に手を当てる。「君達少し、静かにしてくれるかい。今、白夜さんとしゃべってるんだから。聞こえないよ」彼は邪魔する子供をたしなめる様に、参ったね、と苦笑する。彼の耳には、幻声が聞こえているのだろう。つられて白夜も弱く追従笑いを浮かべるしかない。風がないのになんだか冷えた。春はまだ先のようだ。

第6話　耳の穴から脳が流れ出てしまうそうです。

「あっ」

「どうしました？」

「――っ……」

瑠璃仁は両耳を押さえる。「やだ、やだ……どうしよう」

「瑠璃仁様？」

両手で覆った顔が、どんどん真っ青になっていく。恐怖におののいたように、言葉をなくして震えている。何が起きているのだろう。「大丈夫ですか？　耳が痛いんですか？」と問いかけた。ばかでかい耳鳴りでもなっているのかもしれない。緊張状態の瑠璃仁を驚かせないよう努めながら、「それとも頭が痛いのですか？　気持ち悪いですか？　背中をさすりましょうか？」と、問いかける。すると、答えが大声で返ってきた。

「脳が、こぼれる！」

白夜は瑠璃仁の頭を見た。髪が多少乱れているだけで、外傷はまったくない。

「耳から、耳から出る、出ていく――止めて、助けて……！」

耳を覆ったのは、そのためか。

白夜は「落ち着いてください。大丈夫です。出ていませんよ、何も……。安心してくださいね」と優しく諭す。

「出てない？　出ているよ！　ほら、とろ～、とろ～って。あれ？」手を見る。「――ついていない……けど、ほら！　ほらね、だめだ、止められない。止めて、止めて……」

止めてと言われても、耳から脳など出ていないのだから止めようがない。止めるべきは、間違った解釈をしてしまう病の進行だ。

「脳が出てくるように、感じるのですね」

「うん……」

「それは、怖いですよね……」

「うん……」

だが白夜は否定を避け、しかし積極的には肯定せず、自分が共感できる方向で落としどころをつけていく。精神科看護の基礎だ。

瑠璃仁はしばらく身を小さくこわばらせて、なにか異様な体験を耐えていた。その傍らで、白夜はじっと待った。

「はあ……びっくりした……。怖かった」

落ち着いただろうか。

「大丈夫ですか？」

「うん」

悪夢から醒めたように、瑠璃仁は疲弊しきった声色で息を吐き吐き言う。

「幻聴だけじゃない。今のような幻触、幻味、幻臭……食事をとると腐った肉の味がしたり、部屋に毒ガスの匂いが充満していたり……はあ……そう、脳ね、よく溶けて耳から流れ落ちていくんだよ」

そして条件反射のように、声を大きくして言う。「いいかい？　ほんとに流れ出ていくんだよ？　ぬるぬる……耳穴を這う半液体の生温かさまで、ちゃんとあるんだ。もちろん今もね、あった」

「はい。そうですよね。その感触があったら、怖いですよね」

白夜は大きく頷いてみせた。こういうときは第一に、肯定できる箇所をきちんと肯定し、共感してやることが大切だ。耳の穴から脳なんて自然に出るわけがない。しかしどんなにおかしな現象でも、精神的な病を患う彼の中では嘘偽りのない現実で、今まさに実際に起こっている出来事なのだと、看護師である白夜はわかっている。だから病気として、治療をしているわけで。

その反応に満足したように、瑠璃仁は少しリラックスした表情で続けた。

「やれやれ、今までに、どれだけ流れ出ていったかな。おかげでずいぶん減っちゃったけど、でも僕はけっこう脳ミソ、詰まってる方だと思うから」

こめかみに指を当て、はにかむようにして笑う。白夜も一緒に笑おうとし——一旦踏みとどまり、しかし結局判断に迷った。冗談のつもりかそれとも本気で言っているのか。

「……まあ、僕の精神が壊れているから、なんだよね。これって」

その迷いが顔に出ていたのかもしれない。瑠璃仁は白夜を導くように、真面目に冷静にそう確認をし、話を戻す。ああ、やはり賢い人だと白夜は思った。脳ミソ、詰まっている。

「境界失調症に同じような症例はあります。……かなり典型的なものとして」

白夜の肯定に瑠璃仁は静かに頷き、観念したように目を細めてふうと一つ溜息をつく。

「でも、そのおかげでね。僕はあることをひらめいた」

瑠璃仁は、空気をかえるようににっこり笑った。

「あと一つくらい頭のネジが外れれば、閉ざされているべき異次元の扉も開くんじゃないか、ってね」

誇るように、自信を持って。

「それは……」

だが、今度こそ白夜は曖昧に頷くしかなかった。それは、手放しに否定も肯定もできない。瑠璃仁の心配する対応を差別的にするつもりはないが、それが妄想的な確信を帯びてきたりしたらその限りではない。しかしどうあれ、心を開いて話してくれるこの時を、チャンスとして大切にしたい。そう思って白夜は、もう少し突っ込んでみることにした。

「んと、それはシックスセンス、第六感……ってことですか」

「ちょっと違うな」

「どういうことか、もう少し聞いてもいいですか？」

内心やや臨戦態勢だ。「頭のネジを外す」＝治療を放棄する、という意味だったとしたら、さすがに肯定したらまずい。幻覚はさらに増すだろうし、今せっかく本人にある「自分の体に異変が起きていて正常な現実認識が出来ず、幻覚が生じている」という病識も、「これは幻覚や妄想などではなく、神様からのメッセージだったんだ」などという妄想に変わっていくだろう。病識が持ちづらいのもこの病気の特徴だった。

第7話　ゼロ次元「点」、一次元「線」、二次元「面」、三次元「立体」、四次元「⁇」

「うん。じゃあ、途中だった次元の話をしてもいいかな？」

「はい」

瑠璃仁と座って話しているからか、暁（あきら）も勝己（かつみ）も放っておいてくれる。ありがたい。忙しない医大ではありえない話である。白夜は、もっと患者とじっくり関わってみたいと常に思っていた。でも、病院の数は限られているのに患者は増える一方なのだ。手のかかる後輩――南颯太（みなみそうた）、あいつ今頃何してるかな。ちゃんとやれてるかな――もいたし。次から次へと仕事は増え、結局は能率を優先しないと回らない。それは仕方のないことだと思うこともある。でも自分の中にも夢や理想がある。

「二次元とか、三次元とか、四次元とか、言葉は聞いたことはあるかな」

そう問いかけて話し始める瑠璃仁に意識を戻し、白夜は頷いた。この世は三次元と言われるし、四次元と言えば『ドラえもん』の「四次元ポケット」を連想する。二次元と言えば、うーん……漫画やアニメの中の世界を俗にそう呼んだりする。

「それぞれどういう意味か分かる？」

瑠璃仁は言いながら、痛そうに顔をしかめてこめかみを押さえた。頭痛がするのだろうか。それとも幻聴？　白夜は「大丈夫ですか」と声を掛けたが、瑠璃仁は中断するのを嫌がる様に無視し、話を続けようとする。白夜は会話に集中することにした。

どういう意味か？

そうだな……飛び出すように見える映画を３Ｄと言ったりする。

立体的なものを、三次元というなら、ぺらぺらの紙や液晶の上で――漫画やアニメや映画が――繰り広げられたりすることを二次元というんだ。じゃあ四次元って何だろう。四次元ポケットって、無限になんでも収納できるポケット……みたいなイメージがあるけど……。

答えに窮していると「ヒントをあげましょう」と瑠璃仁が指を三本たてた。「三次元は、立体。では、二次元は？」

二本に減らされた指を見つめ、白夜は答えてみる。

「立体じゃないから、……ぺらぺらの……」

ぺらぺらの紙や液晶の上。

それは……

「面？」

「その通り」

面だ。奥行きのない、縦と横だけの概念。

「じゃあ、一次元は？」

「一次元ですか？」

頷く瑠璃仁から視線を外し、彼のまっすぐ立てられた人差し指を見つめる。三次元は「立体」で、二次元は「面」で……

「あ……」

わかった。面積のない、横だけの概念。

「線かな？」

「正解！」

一次元は、「線」！

瑠璃仁はうんうんと頷く。白夜はちょっと誇らしい気持ちになった。これは、瑠璃仁の通っていた大学で学ぶことなのだろうか。カルテには大学名などの詳しいことは記載され

ていなかった。続いて、瑠璃仁は問いかけてくる。

「じゃ、ゼロ次元は？」

白夜はそんなものまであるのかと思いながらも、次も正答しようと取り組んでみる。三次元が立体で、二次元が奥行きのない面で、一次元が面積のない線。線は、長さだけだ。長さ？　じゃあ、長さのないものがゼロ次元かな？

「あ、わかった。ゼロ次元は……点！」

「当たり」

ついていけると楽しい。高校の数学の授業も、こんな風に理解できたら楽しかっただろうか。

「じゃあ、次。四次元は？」

四次元？

しー。答えを言っちゃダメだよ、と、瑠璃仁は芝生に向かって注意をしている。自力で考えている白夜のために、幻声に向かって律儀に注意してくれているらしい。しかし耳を澄ませど、白夜には何も聞こえない。

四次元か。四次元って何だろう。三次元は「立体」で、ええと、二次元が「面」だったから、四次元は、「立体」にプラスして、もっと何かの要素が増えるのだろう。四次元……という言葉の不思議とともに、どこかで聞いたことのある単語が浮かぶ。

「四次元は、『時間』……？」

　言いつつも、さっきまでの自信はあまりない。ゼロ次元「点」、一次元「線」、二次元「面」、三次元「立体」ときて、どうして四次元で「時間」になるのか。

　瑠璃仁は、予期したように首を横に振った。

「よく言われることですね。四次元＝時間、正しくは時空ですが。実はそれは、物理学で使われるからなんですよ。だからミンコフスキー空間的にはその通り、正解です。しかし、僕が今ここで聞きたいのは数学的な――例えばユークリッド空間としての四次元です。想像力を膨らませて考えてみてください。今言った難しい言葉を気にする必要はありません。さっきみたいに、もっと、空間としての要素そのもので四次元を答えてくだされぱいいんです」

　なるほど、確かにそう言われた方が、今自分の胸に浮かぶ疑問符にピントが合う。面白い知恵の輪が見えてきた。ゼロ次元「点」、一次元「線」、二次元「面」、三次元「立体」、そして四次元は「⁇」。三次元の立体までは想像できるが、そこにもうひとつ要素が増えた姿がイメージできない。

「難しいですか？　ではヒントをあげましょう。僕の手を見てください。これは何次元で見えますか？」

　太陽の下、瑠璃仁はてのひらを差し出した。傷一つないその手は、白かった。厚みは約一センチで、付け根から指先までは、十五センチ以上二十センチ以下、横幅は十三センチくらい？　三つの要素。

「三次元です」

「うん。そうだね。では、これならどう？」

そう言って彼は、芝の上に手をかざした。当然その下には、暗い影ができる。瑠璃仁が次に指差していたのは、その影だった。

「影ですか……？」

少しだけ歪んでいるけれど、縦も横も、瑠璃仁の手とだいたい同じ。ただし、影に厚みはない。縦と横だけ。

「二次元？」

「そうだね」

縦と横だけ。つまり二次元だ。

「じゃあ、今ここではできないけれど、この影を切り取って、横から光を当てたら……その先にできる影はどんな形？」

……ん？　どういうことだ？

白夜は想像してみる。

芝の上の、瑠璃仁の手形の影。この影を切り取って――。

第8話　人間やめたら、四次元も見えるようになるとのことです。

そこまで考えた時、急に瑠璃仁が声を上げた。

「あっ、すごい！　影が浮いてる。へんなの。そうそう、つまりそうやってぺらぺらの方から光を当ててるんだよ……！　って、これは僕の幻視なのだろうな。君にはまさか見えないよね」

さっきと同じように、影は瑠璃仁の手の下、芝の上にぺったりとできているだけだ。浮いてなどない。

「見えません」

「残〜念。僕にはこんなにくっきり見えるんだけど。ああ、君にもこれが見えたら、説明がしやすいのに」

なんだかファンタジーの世界の住人と会話しているみたいだ。いったい、彼にはどんな風に見えているのだろう。……見えることが、そんなお気楽で幸せなものじゃないことは、看護師としてわかっているけれど。

「大丈夫です。想像できました」

ぺらぺらの影を切り取ることができたら、太陽に平行になるように倒してみればその影の影は線になるだろう。イメージとして、薄っぺらい紙とか下敷きで想像すればいい。細い細い線の影ができる。その細さを、面積が無いものとみなせば、つまりそれは——

「答えは線です。一次元です」

長さだけの線の影ができる。一次元だ。

「おや。お見事」

瑠璃仁は嬉しそうにそう賛辞を贈る。

「じゃ、一次元のその細い影を切り取って、今度は頭から光を当ててみるとどうなる？」

聞かれると思った。白夜は自信を持って答える。

「点になります。ゼロ次元の点に」

こちらは針で想像した。線のように細い細い針の頭を太陽に向ければ、点のような影になる。

「素晴らしい、大正解です。だいぶわかってくれているようですね。じゃあ、ここからが肝心だよ」

「？」

瑠璃仁は、勢いを殺さぬまま畳みかける。

「三次元の手の影が、厚みのない手形の影＝二次元で、その二次元の影をぺらぺらの端っこから太陽にかざしてみると、面積のない線の影＝一次元ができて、さらにその細い影を頭から太陽にかざしてみると、長さのない点の影＝ゼロ次元になる。つまり、影になると次元が一つ下がる」

「はい」

「じゃあ、四次元の物体に光を当てた時にできる影は？」

四次元の影？　四次元の影――は、

「四次元の一つ下の次元……？」

あっ!!

「そうか……三次元の形になるのか！」

影になると次元が一つ下がる。すなわち四次元の物体の影は、三次元の形をしているのだ。

瑠璃仁は、小さく拍手をしてくれた。「正解」

そして、手をまた出す。

「この手を見て。四次元人なんてものがいたらさ、その人の手の影は、きっとこんな感じの、立体なんだよ。影なら、色は暗いだろうけどね」

もりっと真っ黒な立体の手形が、影として浮かんでいるのが白夜にもイメージできた。

「こんな立体的な影ができるだなんて、ああいったい、彼らはどんな手をしてるんだろうね？　奇妙だね〜？」

なんだか、本当に奇妙だ。四次元人の影か。探偵アニメで、まだ判明していない犯人を黒く塗りつぶして表現するけれど、あんな感じなのかなーと考えていると。

「一つだけ君に謝らねばならないことがある」

瑠璃仁はそう言って、タネ明かしする様に打ち明ける。

「四次元はどんな空間なのかって、答えを用意した上で問題を出しているかのように聞いたけど、本当は、僕にもわからないんだ。……それにたとえ四次元人が僕たちの前に現れても、僕たちには、彼らの姿形は四次元的には認識できない。影絵のような二次元の世界なら、僕らの様に立体の人間も、ぺったんこに見えてしまうだろう？　それと同じで」

「……結局、わからないんですね。四次元」

「うん」

そうなのか……。四次元ってなんだろう？　と思って考えてみたけど、やっぱりわからないのか。でも、四次元は想像できなくても、四次元の影なら、わかるということがわかって――しかもそれは自分たちがよく知っている、三次元の形で――。でも、影から元の物体を想像するのは難しい様に、四次元の影が三次元の形をしていると言っても、そこから四次元を想像するのはすごく難しい。わからない。

「わからないんだよ。僕たちが三次元で生きている限りは、永遠に」

意味あり気にそう言う瑠璃仁の透き通るような目がレンズ越しに妖しく光っている。

だけど、わからないけど――瑠璃仁の様に幻覚も見えないけど――、でも、この話を聞く前と後とでは白夜の中で世界が少し違って見えた。

「だからね僕は……人間やめたら、見える気がするって言ったんだ」

彼のその目には、何が映っているのか。

「だって、脳みそが一部壊れた僕にはまだ、僕のてのひらの影が、あそこでくるくる踊っているのが見えるんだから」

白夜が振り返っても、そこには何もない。

「今のこれは、ただの幻覚だけど」

――あと一つくらい頭のネジが外れれば、閉ざされているべき異次元の扉も開くんじゃないか。

次元の話をする前に瑠璃仁はそう言っていた。その意味が少しわかってぞくりとした。

「三次元に生きる僕たちが見ることのできない四次元は、三次元らしさを失えば見える――と？」

「その通りだよ！　やるじゃないか白夜くん。そう！　肉体が三次元の箱なら、精神をそこから出してやれば、四次元を歩けるんだと僕は考えている！」

なんだか、引きずり込まれていく。

「でも、そんなことどうやって？」

「この三次元世界での正常をクラッシュするんだよ。四次元のものは、見ることも想像することもできないんだからさ！」

カルテを見た時に、この薬の組み合わせでは境界失調症の増悪に繋がるのではないかと思ったことを思い出した。

まさか……？

あの薬の組み合わせは、あえてやっているのか？　医師は——若槻先生はなにをしているんだ？

これ以上は危険な気がした。

いけない。

心のどこかで、自分を止める声が聞こえる。

なんだこれは。おかしい。クラッシュ？　ばかな。これ以上は、踏み込まない方がいい。見えない手に、自分をつかまれ、どこかへと引っ張られていく。さあ、異次元の扉を開きましょう！　僕と一緒に！　遠く、声が聞こえた気がした。

「君も、見てみたいかい——？」

瑠璃仁が、左手を差し出しかける。何かを握っている。目を逸らせない。

「い、いや……」

後ずさりする。

「最初は誰でも怖いさ。でも、すぐに目覚めるよ」

「そんな——」

瑠璃仁は虚空を見つめて笑いかける。

「少し、……気持ち悪くなるだけさ。注射、くふっ、シリンダーも光り、水槽の声……ミ

リかなずっと忘れられない断面図が藪の中、春を突き抜ける中性子線がにごり絵だから。生まれ変わるのは透明だよ。さ、静かに……」

ぞっとした。

「ごめーん、そろそろ会議に出席しなくちゃいけないからー！　もう行くね！」

背後、遠くから声を掛けられて我に返る。クリアな声。そこには勝己がいた。その隣には、控えるようにして暁も。

「僕もそちらへお供しますので、何かあれば春馬さんに聞いてくださーい！」

二人は連れ立って、部屋に戻っていく。

俺も、今、ここを出よう！

「ぼ、僕も、僕ももう行かなくちゃ！」

狼狽を隠す余裕もなかった。あからさまだろう。それでも、取り繕っていられない。一刻も早く――

「そっか。残念」

瑠璃仁はニッコリ笑って囁いて、左手をポケットに戻した。そして、ため息を吐いて言う。

「そろそろ、僕も読書を再開しようかな。君の邪魔ばかりしていてもいけないし」

「いえ……」

白夜ははっきりしたようなぼやけたような頭を切り替えながら、姿勢を正して礼をした。

「お……おも、面白い話を聞かせていただき、ありがとうございました」

瑠璃仁が途中から、思考が飛躍するまま話していたのは確実だ。でもどこか魅力的で、幻惑に飲み込まれていくような、そんな感じがしてしまった。興味を持ってじっくり、話を聞きすぎた。

「こちらこそ。また聞いてね」

「はい」

立ち上がり、そこを離れる。

瞬間、ぎくりとした。

右耳を通る――生温かな感触。

「ぎゃっ！」と声を上げて耳に触れる。とろりとした感触があった。なんだ！　なんだこれっ。まさか、脳が耳から流れて……？　え、俺にも――まさか幻覚が……？　嘘だろう……？　話を聞いていて、俺までおかしくなったのか？　そんなことありえない。でも……。

だが、振り向けばすぐ背後に瑠璃仁が立っていた。その手には小さなスポイトを持って、いたずらっぽく笑っていた。

「ふふ。びっくりした？」

「……っ」

「いつでも待ってるから」

そう言ってもう一度スポイトを押して、ビュッと液体を飛ばす。液体は地面に生えている芝にまっすぐ当たって、つぶれた透明のゼリー状のものが残った。中身が空になったスポイトを、瑠璃仁は悠然とポケットにしまう。心臓の鼓動がバクバクと鳴って治まらぬ白夜に素知らぬ顔で——いや、見透かしたような一瞥をくれ——瑠璃仁はもう我関せずと読書を開始する。白夜は、どんな顔をしたらいいのか、なんて返したらいいのかわからず、無言でその場を後にした。そうしてまぶしい空中庭園から、靴下の土も落とさず現代風の部屋に上がる。そのまま突っ切って、出口へ。廊下に出る前に靴をつっかけ、もたつきながらもドアを抜けた時、——どっと息を吐いた。

はあ——、はあ。

息を整える。

(何を、するつもりだった……んだ……俺に……)

何も、されていないよな?

幻覚も幻聴も、ない。

——ないよな?

大丈夫だよな、ここは、ここだよな?

俺は俺か?

渡り廊下の視線の先の方に、勝己と暁の後ろ姿が見えた。もっと先の奥の部屋からは、伊桜お嬢様の元気そうな声が聞こえる。椋谷と、何を話しているのかまでは聞き取れないが——。

よたよたと、壁伝いに歩く。地を踏みしめながら。この世界にちゃんといる感覚をこわごわ確かめながら。花の浮かぶ美しい川で川遊びをしていて、そこが天界だと気がついた時には閻魔様の御前で——あとはもう命からがら、帰ってきたような——そんな心地だ。

落ち着いてきて、今立っている場所がたしかに現実のものだと認識して安堵して、我に返る。がらんどうの長い渡り廊下に、ぽつんと一人。左手の窓の外にはローズガーデン、右手には中庭からまっすぐ生えている木の幹が。

——彼の幻覚、彼の妄想を目の当たりにして、どんなものかと想像していたら……

（怖く、なった……）

自分までいつか、いや今すぐにでも幻覚が見えるようになったらどうしよう、と、あんな言葉の羅列を口から垂れ流すようになったら——と、とっさに考えてしまった。

それくらい、彼の話を真剣に聞きすぎた。惹きつけられて、信じて、さあ次は何を理解しよう、と、無防備になっていた。

（それとも、担がれたのか……？）

看護師としてのその失態を瑠璃仁にすかさず見抜かれ、思い知らせる様に審らかにされた、のかもしれない。

（……脳が出てくる、とか……、言った上で、俺の耳に、ゼリーみたいなのを、入れてきて……）

ああやって脅かして、俺を試したのか？

自分がもしこんな風になったら嫌だな、と、徐々に怖くなったこと。

それとも、それとも——？

あれが彼の言っていた薬品かなにかなのか？　だとしたら、すべては俺の体で実験するために？

思考が追い付かない。

彼のことを思い出すだけで、ぎゅっと心臓が締め付けられる感じがする。

（怖い……）

闇が深すぎる。白夜は静かに、頭を抱えて座り込んだ。

仕事内容は、さっき庭にいた渡辺春馬という人に聞くように言われていたのに、勝手に一人で出てきてしまった。

（どうし……よう……。座り込んでる場合でもない……けど……）

医大にいた頃は、次々に運ばれてくる重症の患者や急性期の緊張の中、怒濤の勢いの患者をこちらも怒濤の勢いで迎え撃つように、効率よく捌ければそれで役に立てていた。それが難しくてなかなかできないんだと、後輩の南にはよく言われたけど……。でも俺は、闇に向き合えるようになりたいと思ってここに——。

なんだかまだ、耳の中に違和感があるような気がした。

第3章　宣戦布告と決意表明

第9話　患者は人間で、看護師も人間だよ、と彼は言いました。

幼い記憶。長引く入院生活を送っていたあの頃——。終わりの見えない鬱屈と孤独に荒ぶ心を慰めてくれたのは、澄んだ黒の瞳が綺麗な人で——名前は白井典子(しらいのりこ)さん。看護師だ。

彼女の呼びかけは、春の麗らかさに似て、ふわりと温かかった。

母親のいない俺は、その人に母親を求めていたのかもしれない。

いつしか彼女は、自分の夢になった。

そんな風に——母のように、傷ついた患者さんを包んであげられたら。俺は、看護師を目指したあの日、そう思っていた。

それなのに、今の自分はどうだろう。患者を包むどころか、怖がって、疑って、あげく逃げた。瑠璃仁様を傷つけてしまったかもしれない。伊桜様にも拒絶されてしまうし。いまだにその理由も、わからないし。

(——戻らなきゃ)

ひょんなことからこのお邸に来たわけだけど、俺はここでやるべきことがたくさんある。うずくまってないで、まずは、立ち上がって――

「大丈夫？」

投げかけられた声に驚いて白夜が振り向くと、まろやかな紅茶色の髪をした青年が、屈みこんでこちらの様子を窺っていた。

「あ……ご、ごめんなさい！」

弾けたように反射的に立ち上がる白夜に、相手はあわてて、座らせようと肩に手をかけ軽く力を込める――

「顔が真っ青だよ。少し休んだ方がいい」

「いえっ、大丈夫です!!」

もう、これ以上迷惑をかけるわけにはいかない！

と、そこで白夜はこの人が、庭で紹介された渡辺春馬（はるま）という人物だということに気がついた。とりあえず、次にすべきことを聞ける。そのことにほっと安堵するとともに、体中の力が抜けた。急に立ち上がったことの反動が加わって――

「わあ――」

情けないくらい派手に仰向けに倒れてしまった。

「おおっと」と、そのまま抱きとめられる。「ちょっと、休みましょう？」

にっこりと、落ち着かせる様に。

「本当、すみません……」

ああもう、どっちが看護師だよ。

「謝ることなんてないよ。どうしたの？」

「僕が、悪いんです……僕が……」

促されるまま、廊下の端へ寄って壁にもたれた。水を持ってこようかと聞かれたが、倒れたのは体調不良などではないと自分でわかっていたので断った。

「ごめんね。瑠璃仁さんに、なにかされた？」

「え？」

白夜は驚いて春馬を見つめる。

「君が怯えていたようだったから、あわてて追いかけたんだけど」

静かに真っ直ぐこちらを向く彼の瞳。一瞬の間、仕事とか、看護師とか先輩とか——消えた。

「大丈夫？」

そこには自分を気遣い、心配している一人の人がいるだけだった。彼の瞳は、まるで一人山道を歩いていたときに、ばったり出くわしてしまった牡鹿のような、無垢なものだった。互いにはっと時を忘れるように、凛と穏やかで……純粋に澄んだ、そんな視線の交差を経て、

「僕は暁くんから、君への案内役を引き継いでいたから。何も言わずに突然飛び出していくなんて……これはなにかあったたな、って」

言いながら手すりに手をついて中庭を見下ろす。大きな雲の影になっているのか、薄青い朝のような静けさがあった。

「瑠璃仁さんは、ときどき悪いいたずらをするから。僕がついていてたしなめなくちゃいけなかったなって、反省」

そんな春馬に白夜はあわてて首を横に振った。

「そんなことはありません！　僕は看護師なのに――」

「看護師も人間だからね。もちろん患者も」

その言葉に白夜は口を閉じた。

そう言われると――その通りだ。看護師とはいえ自分は人間で、精神を病んでいるとはいえ患者も人間だ。だからいろんな、人がいる。看護師だからとか、病気だからといって、人間性まで固定されるわけではない。

「僕は、瑠璃仁さんのことはよく知っているつもりだからさ。やられたね」

「そう……なんですか」

「うん」

子供のいたずらに観念する様に、春馬は眉を八の時にひそめて笑った。きっとこの人も瑠璃仁に困らされてきたのだろう。いたずら、か。そうか。

「今度は、僕を頼ってね」

春馬の優しさに、白夜はもう笑顔で頷いた。「はい」

「仕事のこともだし、そうじゃなくてもいいから」

「すみません」

「謝らないで。いいんだ。頼ってもらいたくて、追いかけてきたんだからね」

そう言ってどーんと胸を広く張る。

「ありがとう……ございます」

雲の切れ間から再び射し込む日光に、手をかざした。目をそらすように中庭の方を見れば、その光に照らされた木々の黄緑色と緑色の織り成す鮮やかさに、思わず見惚れてしまう。広告に使われるモデルハウスの代表のような内観。この渡り廊下も二階にしかなくて、まるで宙に浮いているみたい。幻想的で不思議な場所だ……

「瑠璃仁様のことも——それに、伊桜様のことも——僕……」

「うん」

「さっき伊桜様を助けたつもりだったんです。でも暁さんにはすごく怒られちゃうし、椋谷さんは、なんか、落ち込んでいて……しまいには伊桜様にも、出てってって言われちゃいまして。僕、どうしていいかよくわからなくて」

「それも聞いたよ」

勝己くんから。と。

「気張らなくていいってほっとして、涙が出ちゃったんだろうね伊桜ちゃん。ずっと、苦しんでいたんだね……」

春馬の断言に、胸を撫で下ろす。やっぱりそこは、間違っていないのだと。でも、それなら伊桜に出ていくよう言われた理由がわからないし、そして春馬も他の人と同じ――どこか切ない顔をしている。

「いやぁ君は、ここに来たばかりなのに、すごいなあ。白夜くん。ちょっと僕、自信なくしちゃう。それにね、つまりね、妬けちゃうな、って」

声を荒げることもなく、彼はにこっと微笑みながら、そう教えてくれた。

自信なくす……？　妬けちゃう……？

白夜ははっとした。

〝みんな、今まで伊桜のためにあれこれ考えて、走って、必死だったから……〟

暁が怒りを爆発させる直前、勝己はそう言っていたのだった。その言葉が伝えたかった本当の意味は……？

「そう……ですか」

すると前方から足音がして、二人同時にそちらを向いた。

「ああ、椋谷(りょうや)くんおつかれさま」

「おつ」

春馬はにっこり笑って、角を曲がって渡り廊下の方に歩いてきた椋谷と挨拶を交わす。

「これ片して、掃除の続きをしようかと」

伊桜の食べ残した食器の載ったワゴンを音もなく押していた。

「あ、それじゃ白夜くん、椋谷くんを手伝ってあげてくれる？」

春馬の指示に、呆然としたまま白夜は椋谷の方を向く。

「おー。さっきの看護師」

手を挙げて笑ってみせる椋谷。でも、やっぱりなんとなく、元気がないなと思った。

「……白夜です。これから……お世話になります」

白夜はそうさせたのが自分だと今はわかった。食事を拒み、弱っていく伊桜を救いたかったのは、自分だけじゃない。いや、今日来たばかりの自分なんかより、ずっとずっと頑張ってきたのは邸の人たちだ。その人たちの気持ちをまったく考えていなかった。みんながムカムカ怒ったり、嫌な気分になるのもわかるかもしれないと、思った。しかも、そのことに気づいていなかったのは、たぶん、自分だけだ。当人の伊桜さえも、あのとき、周囲の人を気遣っていたのだ。だから、白夜に出て行けと言ったのだ。そういうことだったのだ。

暁にはこっぴどく怒られたが、椋谷からは特に何も言われていない。椋谷こそ伊桜のために、献身的に尽くしていた人のような気がする。謝りたく思った。けれど、どう謝ればいいのかわからない。謝ったところで、ますますむなしい思いをさせるだけのような気もして、黙り込む。

「椋谷だ」

椋谷は一瞬、わずかに目を伏せたと思ったら、意を決したように白夜の目を見る。白夜も覚悟を決めて向き直った。

　俺は優しくなかった。悪いのは、俺だったのだ。やってしまったことはもう仕方がない。どうぞ俺のこと、睨んで、嫌って、ください。と。

「さっきは、サンキュな」

「えっ……？　はい」

　思わぬ返しに、間が空いてしまう。

「看護師なんだろ。いろいろ、教えてくれるか？　ここは病人だらけだからなー」

　白夜が頷くと、椋谷は少しまじめな顔で、何か飲み込むように何度かまた頷いている。

（あれ……）

　暁の時のようにがつんと、ではなくとも、嫌われただろうなと思って身構えていたのを、恐る恐る解く。

（椋谷さん……怒って、ない）

　それどころか……。

　白夜は、自分の胸の中に、本来当たり前のようにもらえるはずだと思っていた、期待していた喜びを、安心を、感じた。

「も……もちろん、ですっ。もちろん！　はい！　なんでも聞いてくださいね！」

　ここでうまくやっていけるのか、不安に襲われていた。学ぶことが多いなと、自分に足りないものがたくさんあるなと痛感していた。ちょっと途方に暮れるし、やっぱり怖い。

だが、一つ一つやっていった先、たどり着くしかない。一歩一歩、進んでいけば、憧れの〝優しい看護師さん〟になれると、やっぱり思う。

（よし。頑張ろう）

不安を振り払い、弱音をかみ殺す。意識して心を切り替える。

小さく深呼吸。

「じゃあ、担当医に伊桜様のこと連絡してきます！　すぐ戻りますね」

白衣を翻し、携帯電話を片手に駆け足で医務室へ向かう白夜。

長い廊下、そんな後ろ姿を見送る椋谷に、春馬が微笑みかける。

「えらいね、椋谷くんは」

「……なーにが」

お見通しのようなまなざしに、椋谷はくるりと背を向けた。

「掃除、してくる」

「うん。いってらっしゃい」

白夜とはまた別方向の裏手へと。

「じゃあ今日は僕、遅番だから。のんびり一人で外片づけるよー」

春馬は微笑んだまま、外へ歩き出す。

第10話　患者の心に寄り添う看護師でいたいのにな。

丸みをイメージさせる多角の壁、飾り模様のある壁紙、レース細工のカーテン、女の子らしい装飾の施された、日当たり良好の伊桜の部屋。

「失礼します」

白夜はそう言って中に入った。中央の大きなベッドには、伊桜が力なく寝ていて、静かにこちらを見ている。

担当医に電話で先の事情を説明したところ、無事、伊桜の点滴指示をもらうことはできた。それで当然早めの処置を、と考えまっすぐここへ向かったのだったが――先ほど、伊桜に出ていけと言われた手前、また拒絶されるのではと少しばかり緊張していた。その時は自分の未熟さを素直に謝ろうと思う。

「おかげんはいかがです？」

「普通」

なんとも短い返事だ。

この素っ気なさは拒絶なのか、彼女の元々の性格によるものなのか……その判断はつかなかったが、とりあえず追い出されはしなかった。

　さて、次だ。

「食事を無理してとらなくてもいいとは言いましたが、代わりに、栄養補給のための点滴が必要です。準備しますね」

　みんなの嫌いな嫌いなアレ。

「ん」

　注射されるのだと合点がいった伊桜はぽんと腕を投げ出す。

　おや、いい覚悟だ。――それくらい食べさせられるのが苦痛だったのだろうか。

　白夜は伊桜の袖をまくり、真っ白な細い腕を露出させる。指の腹で血管を触り、どのくらい皮膚の下にあるかや、太さや、動くかどうかを確かめる。伊桜は小学六年生らしかったが、この歳なら平気だろうか？

「うっ……こわ……い……っ」

　そうでもないらしく、しくしくと泣き出してしまった。

　注射されるとわかっていようといまいと、痛いものは痛い。怖いものは怖い。針は痛い。ぷすっと皮膚と肉を貫通する。貫通すれば血が出るし、本能的に怖い感じがするものだろう。

　だが白夜にとってこの医療行為は、人を笑顔にさせる自分の武器だった。

「大丈夫……すぐ終わりますよ……痛くしませんからね……」

伊桜と呼吸を合わせることに神経を集中させる。イメージの中で自分自身を注射針と一体化させていく。伊桜の泣き声が徐々に遠くなっていき、ただの情報だけが残る。

（これで、なんとかご機嫌を取りたい！）

呼吸が合った。白夜は動いた。

青白く浮き出た血管に、ステンレスの管が近づけられた瞬間、伊桜は見ていられずに目をつむって叫んだ。

「もうやだっ、やめる……！」

ん？　蚊が止まったようなタッチ。

「……あ、あれ？」

薄く目を開き、キョトンとする伊桜の反応に、慣れたように白夜は声を掛ける。

「はい。おつかれさまでした。楽にしてください」

「もう刺した？」

「はい」

伊桜はまだ信じられない、と不思議な心持ちで点滴針を凝視する。

「うそ……なんか……全然痛くなかった……」

その針先はきちんと腕の血管に埋まっている。

「注射は得意なんです、僕」

白夜はそう言って手早くテープで固定し残る処置を済ませる。

「……ふーん……」

感心するような顔でまじまじと針先を凝視する伊桜に、白夜は少しだけ自信を取り戻した。

（よし。上出来かな）

うまくできた。これはもともと、得意なのだ。それこそ看護学校時代から。血管の位置と針を刺す角度、患者の力の入れ具合や動き方を、流れを汲むようにして摑めばできる。採血や注射を何度も失敗するナースが逆に不思議だった。血色の悪い貧血気味且つ肥満型で、血管が肉の中に埋もれている人でさえ、白夜は一回で終わらせるのはもちろん、的確な場所から刺すことで痛みを与えない。

でも、と白夜は自分に言い聞かせる。

物理的に痛みを取り除くだけが、優しさではないのだと。

「伊桜様」

「ん？」

ビー玉のような瞳がくるっとこちらを向く。

「伊桜様は、とってもお優しい方ですね」

物理的に痛みを取り除くために、誰かの心を傷つけていいわけではないのだ。

「いおが？」

「はい。僕は、そう思いました。僕も、頑張ります」

敬意を込めて、そう宣言する。

するとと伊桜はどこかほっとして嬉しそうに、口元をゆるませた。その笑顔に——白夜は息を呑んだ。初めて見る伊桜の笑顔。彼女のもともとの可愛さがぐっと引き立って——

「えっ、かっ、かわいい……」

雷に打たれたように時が止まった。美少女と形容するにふさわしい人に初めて出会った、と白夜は思った。

「ん……？」

「あ、いえっ、つい……あの、伊桜様って、とっても美人さんなんですね、と思いましてっ」

伊桜はぽかんとして白夜の顔を見つめる。

「なっ、なにいうのっ」

布団でばっと顔を隠してしまった。

「あっ。すみません、あれっ、大丈夫ですか？　お顔をよく見せてください。なんだか、今すごく赤らんでいたような気がして」

「し……してないっ」

白夜は布団をはがそうと手を掛けるが、強固な力に阻まれる。

「あ、点滴針には注意してくださ——いてっ！」

白夜はその時、後頭部に強めの衝撃を感じた。

「おい、なに口説いてんだ？」

振り返ればこちらは、初めて見るレベルで怖い顔をした椋谷だ。「わっ」何かを投げつけられて視界が真っ白になる。

「あ……いえ、そんなつもりは……」

これは、白エプロンと白布？

「とっとと掃除行くぞー」

「はっ、はい！」

つまみ出されるようにして、伊桜の部屋を後にした。

第11話　大豪邸は毎日が大掃除ですよ。

穏やかに陽を取り込む中庭をガラス越しに背にした廊下で、白夜はもぞもぞとエプロンを着用した。頭には三角巾をかける。同じ格好の椋谷が説明を始める。

「よし、まずはこの階の個人部屋を回って、シーツ交換とか、ベッドメイキング。それから、掃除機がけでもう一周」

この階とは、二階のことだ。中庭をコの字型に囲う形で作られているので、どこからでもすべてを見渡せる。椋谷は身を乗り出して、下を指を差して続ける。

「掃除機がけの時は、一階のリビングとかダイニング、ロビー、ホール、廊下、それから脱衣所に至るまで全部やる。あと医務室もな。点滴台置いてあったところのことだけど、わかるよな。あと、あのへんのホールの、大理石の床はモップがけ。そのあと、個人部屋にはそれぞれトイレとバスルームがあるから、そこを洗って磨いて回る。一階の大浴場もなー。ボイラー室の湯の管理とかもそのうち覚えてもらうことになるけど、今はいいや」

白夜は集中してメモを取った。誰かが使用中の場合は後に回したり、個別に掃除を頼まれたらそちらを優先したりと状況によって変わるものの、掃除コースはだいたいこんな感じらしい。これが大豪邸に雇われている使用人の日常風景ということか。

（すごいな。いるところには、本当にいるもんなんだなー）

家出状態の貧乏学生を経て今の職に就いている白夜には、無縁だと思っていた世界だった。

「〝上から下〟、〝奥から表〟が基本な」

「上から……奥から？」

ピンと来ない白夜に、椋谷は説明を加えてくれる。

「高いところの埃なんかを先に掃除して、その作業で落ちたものを後から一緒に掃いたり、拭いたりするってこと」

白夜は了承して頷いた。それなら感覚的にわかる。学生の頃、教室の掃除当番の時に先生に言われたような気がする。

「奥からってのは、綿ぼこりが特に出やすい寝室関連から、ってこと。先にリネン交換をして、寝室を掃除し、廊下、居間、水回り……って進めていくことな。水回りはドアなんかで閉鎖されることが多いから。ベッドやソファみたいな布製品も少ないし」

「勉強になります」

そこまではあまり気にしたことがなかった。

「とにかく、水で濡れると除去しにくい埃をよけるのが最優先って考えればいい。掃除機やワイパーを使う場合も、溝や隙間なんかは、ブラシとかダスターで事前に掻き出しておく。拭き掃除を必要とする箇所は、必ず埃を除いた後。わかった？」

「はいっ」

家事というのもなかなか奥深そうだ。

山盛りになった洗濯籠を両手に、ぐるぐるぐるぐる走る。掃除機を持って、ぐるぐるぐるぐる走る。モップを持って、ぐるぐるぐるぐる走る。

（ふーっ。広いなあ……）

中庭の周りを往ったり来たり何度も何度も走って回っているうちに、この邸の地理や構造までほぼ把握できてきた。なぜ二階の瑠璃仁の部屋から芝生の庭に出られたのだろうと思っていたが、どうやらこの邸は、高い丘に、コの字の邸の角が少しめり込むようにして建てられているらしい。だから瑠璃仁の部屋の下には窓のない、地下といってもいいような場所があり、そこは夜になると、眠れぬ住人の集うバーになるということだった。

「よーし。思ったより早く終わりそうだな」

デッキブラシをバケツに突っ込みながら、椋谷が満足そうにつぶやく。

「そうなんですか？」

「ああ。手際いいなおまえ」

「お力になれて嬉しいです」

白夜も額の汗をぬぐう。ようやく大浴場の掃除まで来た。中は、それはそれは立派な岩風呂で、美術的工芸品のような佇まい。そのまま温泉旅館として開放しても儲かるだろうななどと、余計なことを考えてしまうほど贅沢だった。だが、その分掃除も大変なのだとすぐにわかった。岩の表面はでこぼこしていて、一筋縄ではいかない。

「でも、いいのか？　看護師さんがこんなことしてて」

デッキブラシで床を磨きながら素直に疑問をぶつけてくる椋谷に、白夜は、

「看護師としてやっておきたいことは尽きないですが――」

岩の表面に付いた水垢を、歯ブラシのような細い専用ブラシで地道にこそぎ落としながら答える。

「――ですが担当の患者が完全に二人だけというのは、医大の病院にいたころとは比べ物にならないくらい余裕があります。個人宅で働くのは初めてなので、しばらくは模索しながら、といった感じになりますね……」

担当医に提出する看護計画も草案はできていたけど、仕上げはきちんと対面してからにしようと思っていた。

「それに、お二人のご病気の特質上、こういった家事も看護師の仕事のうちだと思っています」

瑠璃仁の病気は境界失調症という病名はあるものの、世界中で精神医学の研究が始まって百年が経つのに未だ不明な点ばかりの病気だし、伊桜の病名に至っては「不明熱」ときた。どんな検査を行ってもすべて正常。それなのに高い熱が毎日出る。隠れた病気の症状か、新種のウイルスか、特殊なアレルギー？　はたまた精神的なものか——原因が特定できない。毎日高い熱が出るということ以外の症状——たとえば、頭痛や吐き気、腹痛、発疹などは一切ないそうだ。

海外では、全科通した総合的な視野でアプローチする「プライマリ・ケア」いわゆる総合診療科の歴史が長く、「総合診療医」もたくさんいる。日本の総合診療はまだまだ発展途上ではあるものの、最近では進んできたらしく、カルテによると伊桜も初めはまさしく「プライマリ・ケア」の診察を受け、可能性の高いものから順にあらゆる診察・検査を行ったとある。しかしどんなに診察や検査を行っても原因が特定できなかったらしく、症状も三十八度と高熱ではあるものの一定なので、自宅療養を勧められたそうだ。

ここまで来ると、意外なところに原因は潜んでいたりするものだ。そういう時、海外の総合診療のレベルならば、家まで訪問して原因を追及する専門家もいるのだが——。

岩風呂掃除の後、掃除道具の片付け場所を教えてもらうため、椋谷について廊下を歩きながら、説明を続ける。

「ですので、家具一つとっても、伊桜様のご病気に繋がっていることがあるかもしれませんので、気になることや変わったことがあったらなんでも教えてくださいね」

まあ、現在と環境の異なる入院中も熱は下がらなかったということだし、食事やハウスダストのアレルギーなどといった、環境に端を発する問題があるわけじゃなさそうだけど。

第12話　一日が終わりました。

夜の帳が降りて、ようやく終業時間となった。

「うーっ。つかれた……」

白夜は地下にある使用人部屋についてすぐ、取るものも取らずベッドに倒れ込んだ。

一条家の飼い犬である白と黒のラブラドール達二匹の散歩の後、一条家のご夕飯の仕度を手伝いつつ、伊桜の点滴剤パックを交換したり、給仕に追われたりし——そこでまた、「思ったより早く終わりそう」という椋谷の言葉を聞いて……油断するんじゃなかったと後悔した。最後の最後に厨房の片付け――大量の皿洗いが待っていた。しかも高価な皿らしく、扱いも慎重を期さねばならなかった。自動の食洗機もあるが、細かな傷がついたり汚れが残る恐れもあるのでメインは手作業。グラスなどのガラス類は磨き上げるところまでやる。気が遠くなるような量――。お抱えシェフも帰ってしまって、椋谷はどうやって一人で終わらせるつもりだったのだろう。もうこんな時間だ。

（ま、少しでも役に立てたなら、よかったけど――）

でも、案外早く終わるという評価は嘘ではないと思う。

白夜はどこにいても手際の良さをいつも褒められてきた。手際の良さ、能率の良さ。奨学金で入れた短大では成績は常に上位だったし、就職してからも、慣れぬうちはミスして叱られることもあったが、それでも同期に比べれば覚えはずっと早かった。最短コースで看護師になっているので、他の人より年下にもかかわらず、だ。

そんな白夜の選んだ道は精神科ナースだった。今は男性看護師は全科に増えてきたが、昔は男性看護師と言えば、暴れる患者を安全に押さえるための男手として、精神科に配属されることが多かった。だが、白夜は別にそれが理由ではなかった。そもそも物覚えが早く手際もいい白夜は、外科に行った方がいい、オペ室勤務を目指す方が君は向いていると言われてもいた。精神科看護といえばその薦めの対極に位置するものである。体は元気な患者の多い精神科では、看護する側も医療行為の技術面でブランクができる。だからスキルアップを望む看護師は避けることがあるのだ。でもそれをわかった上で、白夜は志願した。

（俺は……）

そして、医大を辞めるときもまたいろんな人に止められた。

――「今より大きくなりたくはないのか？」

――「長年勤めあげれば給料だって増えるし、主任や師長など、責任ある地位に就くこともできる」

――「辞めてしまって個人の家に就職するなんて、もったいない」

同僚からも、師長からも、医師からも引き留められた。

しかし白夜は「構いません」と即答した。出世欲は特にない。給料も貧乏学生時代に比べれば十分だ。ただ、理想の人間になりたい。父親のような人間にはなりたくないという強い意志だけが、白夜を衝き動かすのだ。それにまあ、医大を辞めたって看護師の免許がなくなるわけではない。このご時世だ。個人病院からも引く手あまたな上に、愛長医大にだって戻りたくなったらいつだって戻ってこられる。でも、個人の家に専属で、住み込みで看護ができるなんて、こんなチャンスは二度とないだろう。と。

（あの時、愛長医大を辞めることになったからこそ、だ）

愛長医大を辞めることになったおかげで、こんな機会に巡り合えた。

ベッドに横たわりながら、部屋を見渡す。

手狭だが、寮だと思えば十分な広さの部屋だ。春馬と相部屋ということだったが、春馬は、自分はここにいないことの方が多いと言う。その言葉通り、やはり帰ってこない。いや、遅番って言っていたっけ。

（泊まり込みか……）

愛長医大で針間先生が「うがーっ、二夜連続当直!!　ンだよっ、このシフト……チィッ。組んだ野郎、ド低能かよ!!」とぼやいていたのを思い出す。彼の言う当直とは、本来の業務が終わった後に病院に残り、診療時間外の急患に備えて医師が待機すること。患者が来なければ仮眠を取ったりできる。現行の労働基準法では当直は労働時間に含まれないため、手当は付いても翌日の労働時間が減ることはないらしい。

白夜は看護師なので「当直」は経験がない。「夜勤」なら病棟看護師時代に何度かあった。労働時間外で待機して一晩過ごす「当直」と、昼の代わりに夜の間に決められた時間働くという意味の「夜勤」では、疲労の種類もだいぶ違うだろう。病棟看護では、体力のある男手ということで夜勤の割り当てが比較的多かったように思う。男手と言えば、あいつは……南は、元気にしているだろうか。俺がいなくても、……ちゃんとやれているだろうか？　また針間ドクターにいじめられていないだろうか。……たぶん、いじめられてるか。

あんなに泣きつく連絡も、もう来ない。

強くなったのかな、あいつ。

目を閉じると、あの日常がふっと蘇った。愛長医大の精神科外来を任されていたころ

――。

第13話　医大病院での日常をふと思い出してしまいます。

✲

記憶の中の第三診察室では、清潔なカーテンが朝日を受けて光っていた。

早朝独特の静寂の中、裏手側から足音が響いて、ぴりっと空気が張り詰める。やや高身長の痩躯な体型に、長い白衣がすとんとかかるシルエット。ストレートな黒髪は、うざったそうに後ろへかき上げられている。その姿に白夜は気合いを入れ直して姿勢を正した。

「おはようございます」

「おー」

針間俐久（はりまりく）ドクターが入室。椅子に深く座って足を組む。その脇に看護師である白夜が立つ。第三診察室、診療開始だ。既にパソコンが起動してあるのはもちろん、電子カルテも針間医師がサインインするばかりの画面に遷移しておいた。

（さて、と）

マウスのクリック音がカチ、カチと繰り返されるのを受けて、白夜も動き始める。まずは診察開始時間より三十分以上も前から待機している予約患者を呼び入れようとして——

「待て」

——ストップをかけられた。

「はい」

「……この予診欄、入力したやつ誰だ。研修医か？」

針間ドクターが促す。

「いえ、今日はたしか——」

その不穏な空気に、白夜は身を乗り出して何事かと画面を確認する。

げっ。げげげー……。

そこには膨大な文字文字文字……一面真っ黒、かつスクロールバーが下に下に続いている。

記入者名の欄にははっきりと、

「南です……」

南颯太の名前が。

「今すぐ呼んで来い！」

「は、はいっ！」

白夜は慌てて予診室へと走る。通路を横切り、処置室の裏手。楽しそうに談笑している声が聞こえてきていた。

「ああ～。それは災難です～っ」

　聞き間違えようのないクリアなアルト声。

「そーなのよぉ。それでねー、あたしったら、二割引きのシールが貼られるの待ってたんだけどー……」

　なにやってんだ、南っ！

　白夜は手早くノックをして、返事も待たずドアを開ける。

「南っ！」

「あっ、白夜さん。はいっ！　なんですか？」

　純粋無垢なつぶらな瞳が、白夜の姿を認めて一段と大きくなり、そして嬉しそうに優しく細められる。南颯太。白夜の後輩の男性看護師だ。天然の金の巻き毛がフワフワとしていて、小柄な体つきと、着ている純白の看護師白衣と相まって、西洋の絵画の中に出てくる幼い天使のよう。さらに一度聴いたら忘れられない透明感のある声は、二十三歳にしてまだ二次性徴が来てないいんじゃないかと、看護師たちが小児科の受診を勧めているほど神秘的だ。そんな南の前にいる患者は、とてもリラックスしたように微笑んだまま「こんにちは～」と、突然現れた白夜にも陽気に挨拶をしてくれた。

　だが。

「針間先生が呼んでるから、今すぐ来い！」

鬼気迫る白夜の口から出たその名に、さすがに南の幼顔も引きつる。

「う、は、はい……でもここ……」

「俺がやっとく！」

「ありがとうございます～」

「急いで行けっ！」

ぱたぱたと出ていく姿に無事を祈りながら、

「あーすみません、南が先生に呼ばれてしまったので、僕、加藤が引き継がせていただきますね」

白夜は目の前の患者に意識を切り替え、予診に集中する。手元にある患者受付ファイルにはクリップで番号札が留められていて、見れば「2」という数字が。

（は!?　もしかしてまだ二人目かよ!?）

ということは他の診察室、一診も二診も五診も……患者の流れが止まってるじゃないか……っ！

どうりで静かな朝だなと思った。人の入りが無さすぎて違和感を覚えるほど。針間先生は比較的早く出勤してくる方だが、そろそろ教授の診察だって始まるぞ！

背筋に冷たいものを感じながら、書きかけの予診欄にサッと目を通す。

（ま、また長文書いてるし……。ん？　うわああ、さっきの日常会話まで記録してあるっ。〝それでねーあたしったら二割引きの〟とか、そのまま書くなーっ!!）

たしかに、こんなに細かく質問して聞いては書いて、なんてやっていたらどう考えても時間が足りない。こうなったら、ここからはとにかく効率重視で捌き切るしかない――！

「では、改めまして。本日はどのような――」

にこにこ朗らかなまま質問されるのを待っている目の前の患者に、白夜が仕切り直した時だった。

「どおおおう考えても読めるわけねーだろ!!」

反射的にびくっと身がすくむ。小学生を叱る怖い指導教諭のような怒声が、通路を隔てた向こうから響いてきた。針間先生の声だ。

「こんな長文書きやがって、外来ナメてんのか！　長編小説か！　あぁぁ？」

その声に、白夜の目の前の患者も、口を開けたまま固まっている。

「えうっ、……す、すみませんっ。できるだけ、たくさんの情報をと――」

弱々しく弁明する南の声も……。

「時間の無駄だ！」

「あうう……」

「ンだぁ、昨日より今日はややポカポカしてると感じた？　なんんんだコレっ」

（あああ……ま……まあ針間先生が怒るのも、これは無理もない……けど）

主訴や服薬情報などが漏れなく網羅されているのはいいが、患者の話をそのまま書き写すだけでなく、さらには自分の受けた印象や独自の解釈まで事細かに記載されている。熱心なのは認めるが、外から診察を受けにくる患者を、医師は限られた時間内で対応しなくてはならない。それをサポートするのが、外来看護師の仕事だ。

しーんとして、南のすすり泣く声が白夜の元まで聞こえてきたところで、

「あ、あはは、まあ、あたしはいつもの定期検診よ。薬がなくなったからもらいにきたのー。変わったことも特にないわ」

「そうですか……では、順番にお呼びしますので中待合でお待ちください」

精神を病んで診察を受けに来ているはずの患者さんの方から、気遣って席を立ってくれる有様。

（南〰〰っ）

第14話　精神科医の針間先生は鬼畜で冷徹なことで有名でした。

針間医師は時間に厳しい。というか、時間に対してケチだ。それは看護師に対してだけではない。たとえば診察時、

「家を出た後、ちゃんと玄関の鍵を閉めたか、何度も確認しに帰ってしまうんです。出勤することさえままならなくて――」

などと患者が必死に病状を説明しようとしても、

「あーはいはい。じゃ、これ出しときますから、飲んでください」

「ええっ、そんな簡単に……。これ、精神薬ですよね。えっ、量もこんなに多いの……？」

「よくある病気なんでね。じゃ、お大事に」

「で、でも、これ飲むと、性格とか変わっちゃうんでしょうか……？　大ざっぱになるとか？　ほら、僕の性格上の問題かもしれないし……。僕が僕じゃなくなっちゃうのかなあ……。僕の努力不足なのかもしれないし……」

「いーから、まず飲んでみて問題があるようならまた変えればいいから。そっからだ」

「は、はあ……そんなもんですかね」

「んじゃ、次の予約はちょっと近めに、来週同じ曜日に入れておきます」

有無を言わせぬ針間。

「わかりました……」

患者は腑に落ちないような表情で帰っていく。いつもこうだ。

続いては、三十半ばの黒縁眼鏡が重たいサラリーマン。

「というわけで、お薬出しときますね」

針間の診断にすかさず、

「いえ先生、その薬は違います」

と口を挟んでくる。

「これでいいんだよ」

「でも、調べると違うって出てくるんです」

「そうですね。では、こちらを——」

針間の訂正に、彼は自分の努力が報われたような笑顔と、ほんの少しの、医者を見下したような視線を向ける。だが針間は、それを見越したように、

「——出すとでも思いました？　出すわけがありません」

「えっ」

「あなたの場合、こっちでいいんです」

「……なぜですか？」

「聞きたいですか？」

「ええまあ、はい」

「じゃ、この医学書をご精読ください。それから、これとこれ」

「は、は……!?」

針間は机上に散乱させていた医学書を数冊ひっつかんで積み上げていく。

「タイトルをメモしたらどうです？　専門書なので一冊三万円しますが、うちの大学図書館に、どれもありますよ。館内で閲覧することはどなたでも許可されていますので通ってみたらどうですか？」

「ちょっと、こんなには……読めませんよ。僕は医者じゃないですし……」

「では、納得いく説明なんてできるわけないでしょう。あなたは医者じゃないんですから」

「……。で、では！　わかりやすく説明して下さると……」

「はー？　必要ありません。一人に割ける時間も限られていますんでね。はい、さようなら」

「なっ……！　なんだと」

そのサラリーマンはあまりのことにぶるぶる震えると、くるっと向きを変えて、行ってしまった。

「あっ、次回予約……」

白夜はあわてて追いかける。

「まったく、なんて医者なんだ！　あんなやつ信用できん」

顔を真っ赤にしてぶつぶつと文句を独りごちている。

「あの、筑波さん、次回予約を……」

「ふん！　そんなのいらんよ！」

ピシャリと言われてしまった。ご立腹だ。こうなってしまっては、なすすべなどない。

白夜は仕方なく、そのまま診察室へと戻る。

今度は女性が、ハンカチで目元をぬぐいながら涙の訴えをしていた。

「──結婚を約束していたのに、私、突然の別れで、もう、どうしていいかわからなくて……。ご飯も喉を通らないし、一か月で五キロも痩せたんです。彼のことを殺してやりたいくらい憎く思うことだってあります。最近、自殺だって考えるほどで、まずい、どうしようって思って、私——」

「はいストップ」

針間は表情一つ変えずに言い放つ。

「それは失恋です。病気ではありません」

「っ!! でもっ、き、聞いてくれたっていいじゃないの……っ。ここ、精神科なんでしょ!?」

「精神科は病気を治療する場所です。恋する乙女の恋愛相談室じゃない」

「なっ」

「喫茶店でオトモダチにでもしてろ。迷惑だ。はい、出てけ」

針間のあまりの言い様に、彼女は声を失い涙までぴたっと止まった。針間はもちろんそんなことお構いなしに、カルテ入力画面をさっさと閉じる。

「ふ、ふんっ。こんなとこ、もう二度と来ないわよ!! 気分悪いわっ」

「そうしてください。次の方どうぞ」

女性は憤慨し、どしどしと足音を立てて帰っていく。実際、もう二度と来ないだろう。よっぽど手ひどく振られたのだろうに、助けを求める場所を間違えて、さらに追い打ちをかけられて……。

（あらら、お気の毒に……）

　白夜が苦々しく思っていると、

「おい加藤、今何人目だ？」

「あ、えっと――」

　白夜は急に振られてあわてて、予約患者リストを参照する。診察が一人終わるたびに名前を線で消しているリストだ。「次で二十人目です」

「ほおー。まあまあだな」

　針間は腕時計を見ながら、満足げにふんふんと頷いてどっかりと背もたれにもたれる。

「くだらねー恋愛相談に時間食ったなー。あーあと、強迫性障害のヤツのしつこい確認もなー。あ、エセ医学野郎もか。でもまあ、あとは上々か？　あーあ、回転率もっとあがんねーかなー」

「ちょっ……先生」

　耳を澄ましてみる。中待合、誰もいないよな……？　患者に聞こえていないだろうか。

「のろま医の若槻の予約分もどんどん回していいぜー？　そうすりゃ今日は四十人達成できるだろ。あ、俺が代行してやんのは定時までなー。時間になったらソッコーで帰るから」

「は、はあ……」

　隣の診察室との仕切りも薄い。あーもう、若槻先生に聞こえてないか……？　隣室の若槻ドクターは針間先生と年も同じくらいで、犬猿の仲だ。

ようやく診療時間のピークを乗り切り、夕暮れ時。

（いやあ……針間先生の担当は、一触即発でほんと、神経が衰弱する……毎回ヒヤヒヤだ）

予約時間の遅い患者を待つ間、医師は病棟に戻り、白夜は休憩室で遅い昼食をとっているときだった。

「やだなあ。明日針間先生の担当だアタシ……」

シフト表を眺めながら、憂鬱そうに先輩看護師が呟いていた。針間医師は女、子供も関係なく容赦しない。白夜は彼女に近づいて提案してみた。

「僕、代わりましょうか？」

「ええっ?! いいの？」

「はい」

白夜は、今までも何度も代わってあげていた。

「ありがとう〰〰っ。今度、なんかおごってあげるからねっ」

「いいですよ、そんなの」

涙ながらに感謝されるが、別に恩を売るためではない。

（あの暴言精神科医、針間先生から患者を守らないと。だって俺は、人の心に常に寄り添う看護師でありたくて――）

そこまで考えてから、思考を停止した。背伸びして歩こうとするような違和感があった。

（……いや、本当はそんな理由じゃないよな）

　おそらく、どこか付き合いやすさを感じているからだろう。白夜は冷静に理解していた。針間医師は仕事の方針がわかりやすいのだ。正確に、効率的に。言葉は心触れあうコミュニケーションツールではなく、ただただ情報を伝達するための手段に過ぎない。感情論は外。正論が全て。バッタバッタとなぎ倒すような捌き様。看護師はとにかく、役に立っていればそれで文句は言われない。先生様お医者様とおだてる必要はなく、正しい指摘は遠慮なく言うことを歓迎される。効率優先――そういうところは白夜にとって、時に気楽な相手だった。

「白夜さんっ」

　先輩が出ていったのと入れ違いに、南が入ってくる。手には鉛筆が握られていて、昼食を取りに来たわけではなさそうだ。

「南、どうした？」

「そのっ……予診票の上手なまとめかた、教えてもらえませんか……っ」

っと。こっちにも、自分がついていなくちゃいけないんだったか。まあ仕方がない。

「ああ、いいよ」

　泣き腫らした瞼に苦笑しつつも、めげないところには素直に感心する。昼食は中断し、予診室に移動してパソコンを起動。要点整理なんかは白夜の得意分野なので、すぐ終わるだろう。起動を待っている間、朝、針間にガツンとやられたことを思い出したのか、南は

途中で泣き出してしまい、

「ぐずっ……ずずっ」

「……少し休むか?」

「いえっ、だいじょうぶ、ですっ、ぐすんっ……」

ハンカチをポケットから出して涙をぬぐっている。

「白夜さんも疲れてるのに、ボクのために教え、て……くれるっ、……のに……っ」

え〜〜んと大声で泣き出してしまったので、白夜は頭を撫でてやる。

「いいよ、落ち着いてからで」

「ごめんなさいっ。ごめんなさいっ」

「失敗は誰にでもあるって」

長くかかりそうだ。弁当、休憩室から持ってくればよかったなあ。

「俺だってここに来たばかりの頃は、さんざんな言われようだったよ。そこに立つな邪魔だとか、パン買ってこいとか」

「ぐずっ、ぐずっ。そうなんですか?」

「そうだよ。それで会話に割り込むタイミングから立ち位置に至るまで、直してきたのさ」

「パンは?」

「さすがにそれは看護師の仕事じゃないって抗議した」

「すごい!」

「あはは……」

たわいもないことを話していたら、南も持ち直してくれた。話している間に、手元で書いていた要点整理のためのポイントメモを手渡す。

「白夜さん……っ、いつの間に!?」

「いや、あはは……俺マルチタスク人間だから……」

「すみません、ぼく、無駄話しかしてなくて」

またもや、しぼみ始める南に白夜はあわてて言う。

「気にするなって！　とにかく、重要なことはそこに書いた通りだ。わからないところあったら言えよ、そこだけ説明するから」

「あうう、要点整理のためのメモまで、要点が整理されててわかりやすいですー……」

外来診療時間が終わる間際のことだ。急患が運ばれてきた。この日は第三診察室の外来医師が担当だった。

「ったく、なんで俺が外来のときに限って、急患ばっかり来るんだよー」

「たまたまですよ、しょうがないじゃないですか」

大量の予約患者をなんとか捌いたと思ったのに、おまけつき。白夜の呼び出しに駆け付けた針間は、診察と応急処置自体はなんとか無事に終わり、白夜の方の入院手続きも一段落。今はひたすら針間の文句や愚痴を聞かされていた。

「だってよぉ、受付三分過ぎてなかった？　救急外来扱いじゃねーのかよ。俺の時間を奪う奴は全員殺す。そして俺は定時に帰る」

「診察券の受付時間は、外来診療時間内だったみたいですよ」

「かー」

針間は子供みたいに椅子をぐるぐる回している。

「運が悪すぎる。よし。流れを変えるために南を一回殺そう。いや二回だな」

「いじめはよくないですよ」

「いじめじゃない。殺人だ」

「もっとダメです！」

「南なら何回殺しても大丈夫」

「あー。そーゆーことというと、もう動脈血採血、代わりにやってあげませんよ」

「……」

押し黙る針間。

「……さっきは手が離せなかっただけだ」

「素直じゃないですね」

動脈血採血は通常の採血とは違い、静脈に比べて深いところを流れている動脈から血を採るので、血管を見つけにくく、また神経を損傷するリスクも高く難しい。止血まで医師がやることもよくある。

「基本的にはこれ全部、医師がやらないとダメなんですよ！」

「は。ンなの俺が命令すればいいだけの話だ」

「それが褒められたことじゃないことくらい、わかっているでしょう？」

　動脈採血を看護師にやらせるのは、限りなく黒に近いグレーゾーン。緊急時は仕方がないが……さっきのはどうみても単なる丸投げだと思う。

「バレたら叱られますよ」

「おう咎められるだろうな。バレたらな」

「俺が密告します」

「じゃあ咎められるな」

「ええ。きっと自分でやれって言われますよ」

「言われるだろうな」

　一転して涼しげな声で肯定する針間を訝しく思うと目が合った。そこには、にいっと加虐的な笑み……嫌な予感がした。

「そしたらテメーに、俺の注射の練習台になれって命令するだろーなあ！」

　なっ……そう来たか……！

「や、やめてくださいよ……」

　そんなことになったら最悪すぎる。

「いーや天下の白夜サマに教えてもらいながら、たっぷり練習させてもらうとするぜー」

「いいですいいですっ。わかりました僕がやります今後とも!!　僕、得意なんで！　黙ってりゃバレませんしね！」

だって——あれ普通の採血よりずっと痛いんだぞ!?

「いや、医者たるもの、いくら精神科医とはいえ手技的なスキルも磨いておかないとな」

「だ、大丈夫ですってば！　僕がいます！　僕がついてます!!!　決して誰にも密告(チク)りません！」

「チクチク、チクチク♪」

「いいですいいですホントっ、僕、得意なんで！　僕にやらせてくださいぜひっ！」

業務上の必要性を盾に憂さ晴らしされたらたまったもんじゃない。

（まったく！　もう！）

第三診察室を出ると、南とばったり出くわした。

「なにやってんだこんなところで」

息を潜めて、カーテンの隙間からじっと見つめていたらしい。

「白夜さん、針間せんせーと仲いいですー」

尖らせた口から羨ましげな声が上がる。

（いや……南……。これのどこが仲よさそうに見える？）

第15話　いつか辿り着きたい丘の上の話です。

針間医師の外来診療日の、とある日のことだった。

「なぜ放っておいたんです？」

「ご、ごめんなさい……」

診察椅子にちょこんと座った小学生の女の子は、目に涙を溜めて針間を見上げる。首にはコルセットがはまっている。針間はその後ろに立つ母親に向かって、

「通院を止めた理由を聞いているんだ！」

怒鳴る針間に、親子はびくっと身を竦める。

「そ、それは……子供が……嫌がって……」

「それで？」

「それで……。その、本を読んでみたら、子供が成長すれば自然に治ることもあるって書いてあって……」

「……私はそんなこと言ってませんよね？」

冷ややかな視線に黙り込む母親。すっかり委縮してしまっていた。

「……っ……ごめんなさい……ごめんね、美羽（みう）……」

　彼女は、睡眠時遊行症――通称、夢遊病だ。眠っている状態で起き出し、眠ったままふらふらと行動してしまう。その時のことは、本人はまったく覚えていない。患者・山内美羽は、それで家を出て道を歩いていたところで、事故に遭ってしまった。幸い、命に別状はなかったが――。

「でも、ちゃんと見てたんです私……。夜も、昼も……寝ずにちゃんと見ていたんです……」

　目の下には深いクマがあった。お母さんも限界だ。

「じゃあどうして、彼女は怪我をしているんです？」

「それは、私の頑張りが足りなくて……」

「違う！　あなたが現実逃避したからだ！　まだわからないのかっ」

　うっ、うっと、泣き出す母親。すると、子供が立ち上がり、言った。

「お、お、お母さんをいじめるな！」両の拳を握って、「おまえがお母さんをいじめるから、こんなところ来たくないんだ！」――相当な勇気を振り絞ったのだろう。

　だが、針間は容赦なく続ける。

「じゃあ、子供は母をいじめる精神科医から母を守りました、母はそんな愛しい我が子を寝る間も惜しんで見張りました。ある夜、とうとう限界が来て母親がちょっと居眠りをした時に、ふらふらと眠ったまま家を出た子供は、車に轢かれて死んでしまいました。ああなんて美しい親子愛」

皮肉たっぷりの言葉だった。母親は目を真っ赤にして、子供の手を握って、何も言い返さず診察室を出ていく。針間は追撃するように、

「次回予約は二週間後にとっておく。別に来なくてもいいぞー。そのうち、こんな悲しい美談を、俺に聞かせに来るんだからな。どうせ！」

たまらず、白夜は言った。

「針間先生、さすがに言いすぎじゃないですか!?　放り出しちゃまずいですよ、あの親子……」

そんな制止も、針間はまったく意に介さない。

「早く次」

「待ってください、ちょっと追いかけて見てきます——っ！」

「後がつかえてんだよ」

ギロリ、と視線に射抜かれる。それを跳ね返せるほどの自信は、白夜にもない。

「……わかりました。では次を入れた後で、ちょっと、説明してきます」

「次の患者のことは放っておくのか？」

「……」

その時廊下から特徴的な声が聞こえた。「どうしました？　あ、泣いてる……」南だ。

話を聞いてくれているようだ。助かった。ここは……あいつに任せよう。

「次の患者を入れます」

「そうしろ」

針間がトイレに席を立った隙に、白夜は急ぎ足で待合室に向かった。まだ、いるだろうか。睡眠時遊行症で、夜な夜なふらつき歩いて交通事故に遭ってしまったあの親子――。

落ち込むようにして、待合通路の壁際に立つ女性がいた。

「山内さん！」

「あ……」

母親はさっきのことを恥じる様に、弱々しく笑みをみせる。

あれ、娘さんはどこだろう？

「さっきは、針間先生が……すみません」

「いえ……」

白夜は思わず謝ったものの、診察時に針間の言っていたことは、紛れもない事実だった。誤診しているわけではない。誤診どころか、命を守る為の正しい導きだ。

「あの、針間先生は、ああみえて……あなた方の為を思って、言っています。娘さんのことを思うなら、今すぐ、診察室に戻るべきです。じゃないと、これ以上深刻な事になってしまいます。一番よくないのは、現実逃避することですよ」

白夜が懸命にそう訴えると、母親は、

「――っ！」

　充血させた目を、潤ませ――背を向けた。

「あ……っ、と」

　拒絶。

「美羽さんは、本当にいつ轢かれてもおかしくないんです！」

　それでも、心の扉をこじ開けなくてはいけない。自分の目の前には二度と来なくなったって。せめて、治療の危機感を持って帰ってほしい。どこかでまた、精神科を受診してほしい。

「わかってるわよ。あなたに言われなくたって……っ」

「それなら……！　針間先生が怖いなら、別に、針間先生じゃなくたって構いません！」

「でも……」

　その勧めに気まずそうな迷いをみせる母親。人によって合う合わないは、現実的にあるだろう。

「針間先生はそういうの、気にしませんから、どうぞそうなさってくださいね。その方が治療を続けられるなら、そうしたほうがいい」

　針間先生の他には優しい先生だっている。若槻先生とか。幸い針間先生は、誰の患者が誰の患者になったとか、そういうことにはこだわらない。愛長医大じゃなくたっていい。町医者だって。

「美羽ちゃん」

聞き慣れた、透き通った声が外の待合室から聞こえてきた。白夜が目を向けると、南が、コルセットを首に巻いた少女の前にしゃがんで、にっこり微笑んで声を掛けていた。

(南、まだいてくれたんだな)

針間先生に泣かされ、退室した親子にすぐに気付いてくれただけでなく、まだついていてくれたのか。白夜は二人の様子を見守ろうと、自分は口を閉じた。

南は、黙り込む美羽という少女の頭を、ぽんぽんと撫でる。

「よく……がんばったね」

「……」

「針間先生、こわかったでしょ」

美羽は小さく頷く。

「美羽ちゃんはお母さんのこと、守ってあげたんだね」

「……」

じっと、下を向いて黙っている美羽に、南は構わず微笑んで続ける。

「勇気があるな、って僕、思った。やさしいな、って思ったんだよ」

美羽はうつむき続けたせいか、けほ、とむせる。首のコルセットが、苦しそうだ。

「でも、お母さんはきっとね、美羽ちゃんがケガをしないでくれるのが、本当は一番嬉しいんだよ。お母さん、泣いてるけど本当は、すっごく強いんだ。だって、美羽ちゃんを事故から守るために、ね、頑張ってここまで連れてきてくれたんだから」

白夜の傍にいた母親は、その言葉に、首を横に振った。独り言のように、

「強くなんてないわよ……！」

弱々しい声だったが、南はそれを聞いて立ち上がると、美羽の小さな手を握って、白夜と母親の方へ歩き出す。

「私、怖かったの……本当は、怖かった！　なにもかも――」

母親は、怯えたように後ずさって言う。

「あの人も怖いけど、それ以上に病気のことが――怖かった……し、それに、私、どこまで頑張れるのか、怖かった……いつか、美羽が、危ない目に遭うんじゃないかって……針間先生に言われて、ショックで、でもその通りだってこと、本当はわかってた……。だけど……うぅん、だから、自分が安心するために都合のいいことばかり信じて、しまったの。私……本当に針間先生の言うとおり。母親失格なのよ……っ！」

「失格だなんて、そんなことはないですよ」

南はそう言うと、美羽と繋いでいる反対の手で母親の手を取った。背伸びして、母親に顔を寄せる。

「ぼくも、さっき思いっきり叱られちゃったんです。ほら、その……目が腫れてませんか、ぼく……。てへへ」

「あら……」

母はその距離に戸惑いながら、潤んだ瞳でまじまじと見つめ返す。

「あの人に叱られないようにするなんて、誰にもできっこないんですよ！　だから、お母さんも、涙を拭いて。自信持って」

そうして手を離すと、いつも持ち歩いている、ハンカチを差し出す。

「……本当は、頑張りたいんでしょう？　お母さん」

受け取った母親は、涙をぬぐう。氷が溶けていくようなその様子を、南は優しい日差しのような、じっと待っている。

「そう……です。そう……こんな自分、嫌なんです。美羽のことを守れる母でいたいんです」

「うん、うん……その気持ち、僕も分かるなあ」

遥か彼方の空を、隣で共に見上げるように。

「僕は、人を救える看護師になりたい。今の僕は、まだまだ……」

いつの間にか上を向かせて、陽に頬を乾かして。心地よい風に、一歩、足を前に運ばせて。

「あっ！　ごめんなさい、それ、ハンカチ……湿ってませんでした？　あぁぁ不衛生だって針間先生に叱られるーっ……」

「あはは、大丈夫よ……」

「うう……」

しょんぼりと泣きそうな南に、母はもう、微笑んでいた。

「だから……ぼくと一緒に、もう一度」

「……ありがとう……」

元気を取り戻していく母親の笑顔を前に、白夜は、声を発することができなかった。

(南……)

凍りついた重い扉を、力ずくで開けようとしていた自分。壊して、傷をつけてでも、その扉が開けばいいと思った。というか、「優しさ」といえば、自分にはそれしか思いつかなかった。

そんな風に、陽射しで溶かして、春風にふわりと開けさせるなんて。

「どうしたら……どうしたら、いいのかしら、私……。でも、本に書いてあることも、本当だったのよ……」

「それは……ぼくには、ええと……」

二人の視線が、白夜に向けられる。

「あ……本に書いてあることも、間違っていないと思いますよ」

乾いた声で、白夜はなんとかそう言う。

母親は、白夜の目を見てじっと耳を傾けている。今なら、受け入れてもらえるだろう。悔しさはぐっと呑み込んで無視した。仕方がない。今はそんなことを考えている場合ではない。俺にできることをしなければ。

「ただ、美羽さんの場合は、施錠したドアを開けて外に出るなど、かなり複雑な行動までできてしまっています。だから特別に治療が必要なんです。針間先生の言っていることは、そういうことです」

「そう……だったの……」

納得したような彼女の表情に、たしかに心に届いた感触があった。

（届くん、だな）

南は親子と笑顔を交わし、思いを分かち合っている。これが心に寄り添うということだ、これが優しいということだ。まぶしかった。すごいと思った。尊敬した。

胸がズキンと痛んだ。悔しい。あの悪い状況から、彼女たちを救ったのは俺じゃない。南だ。俺はできなかった。できなかった自分が、とても悔しい。

（南、おまえの弱さは、おまえの強さだ――）

そんなところに憧れているのは、俺の方なのだ。

――いつか、たどり着いてみせる。待ってろよ。

第16話　愛情にとけていくこと。

✲

カチ、カチ、と時計の音が聞こえる。

いま何時だろう。

とりとめもなく思い出していたら、ずいぶん長い時間が経っているような気がする。

周囲を見渡しても、時計が見つからなくて、引っ越しの荷解きがまだ終わっていないことを思い出す。

(早めに片付けないとな。片付けて、そしたら、どうしよう……。俺は……)

その時、仕事用に渡されていた携帯電話が鳴った。はっとして、すぐに応答する。

「もしもし、白夜です」

「白夜くん？」

「はい」

「ちょっと来てくれるかな!?」

「はっ、はい！」

部屋着だったが、出られない格好でもない。白夜は上から手早くコートを着てすっぽり隠し、そのまま部屋を飛び出た。道に迷いはしなかった。暗く簡素な使用人通路の階段を駆け上がる。行き先である瑠璃仁の部屋は二階の角。この階段は一階までしか繋がっていない為、表へ。正面玄関の広い廊下の大階段を駆け上がり、すぐ左手。間接照明を使って、明るさを最小限に落とした夜の顔をした優雅な廊下は、闇と上品に調和しすぎて、どこか完成された世界のようだった。病棟よりはずっと明るいのに、それぞれがそれぞれを主張する混沌さがそこには無い。二度と帰ってはこられない別世界に、これから飛び込もうとしているような、そんな不安を白夜は覚えた。夢か現か。ここは、自分が望み、自分で決めた、自分の頑張る場所だ。強く目を閉じて、開いて、気合いを入れ直す。二人の患者。一条伊桜、一条瑠璃仁。彼らが、自分の受け持つ患者だ。

(俺もここで、頑張ってみるよ)

瑠璃仁の部屋の扉を開けた瞬間、「わあっ。こっ、怖い……！」という、瑠璃仁の絶叫にも似た反応と、怯えたような視線がこちらに向けられた。

「どうしました？」

言いながら白夜は駆け寄り、注意深く瑠璃仁の様子を探る。上体を起こしたまま彼は胸に手を当てて、小さく息を整えながら「怖いんだ。怖いんだ。怖いんだ……」と小さく繰り返していた。

「怖いですか？」

「そう……怖い夢を見るんだ。悪夢を……。寝入る頃に……嫌な、とても嫌な悪夢」

「それは、どのような？」

そう問いかけつつ、頭では別のことを考え始める。

（境界失調症の症状？　いや、入眠時幻覚といえば……）

「だだっぴろい空間。ただただ、無限に、無機質に広い空間に、僕は一人で立っていた。でもいつのまにか歪んで、顔が笑ってて、泣いてて、同時で、別人で、同じで、脇の下を通る夜の風、黒い葉が舞う嵐、どろどろと煮込まれていく……とにかく怖かった」

「そうですか。とても怖かったのですね」

「ああ、そうだ」

そして瑠璃仁は細く長くため息を吐いた。疲労の色が窺えた。相当精神的に参っているようだ。白夜は立ち上がり、瑠璃仁の薬を保管している戸棚の方へ歩く。カルテは医務室に保管していて、取りに行く余裕がなかった。瑠璃仁に処方された眠剤を直接確認する。一日分ずつケースに入っていて、その横に紙袋。患者名、薬品名を確認。ああ――スズソムラだ。やっぱりな。薬の選択に疑問を覚える。

（この処方は本人の希望なのか？　若槻先生は今の症状を正確に把握しているのだろうか）

「さっきは、帰ってこられて、よかった……。一度夢に捕らわれたら、もがいてももがいても、抜け出せないんだよ。息ができない」

弱々しくうめく瑠璃仁に、春馬が尋ねる。

「金縛りみたいな？」

「そう……だね。これを金縛りというのかな。ああ、いやだな。寝るのが怖い……闇にとけてしまう」

「瑠璃仁さん、それは夢なんですよ。怖がることは何もないですよ。大丈夫です」

恐怖に怯える瑠璃仁の手を、春馬がぎゅっと握る。

強く、勇気づけるように。しかし、

「僕にとっては現実、いやそれ以上なんだ！」

瑠璃仁は撥ねつけるように春馬の手を振り払って、代わりにきつく自分の拳を握った。

「これはね、……こんな思いは、人生における悲しみや、恐怖の経験とは全くの異質なものだ。脳に直接、恐怖を流し込んでくるように」

「ですから、大丈夫ですよ、瑠璃仁さん」春馬はピンと来ないようだった。「なにも怖がることなんか、ここにはないんです」

その励ましに、瑠璃仁は強く首を横に振る。

「これは、経験したことの無い人には、わからないさ――」

途方に暮れる春馬。白夜は、春馬が自分を呼んだ理由がわかった。ここを理解するのは難しい。

「春馬さん」

白夜の呼びかけに、春馬はじっと耳を傾ける。

「瑠璃仁様は今、とても恐怖の中にいます。それは、紛れもない事実なんです。現実に危険はなくとも、瑠璃仁様の体内では恐怖が起きています」

言葉を吸収する様に、白夜を見つめる。

「たとえば陣痛でのた打ち回る妊婦に、それは健康な痛みだから安心してもいいんですよとか、痛がる必要はないんですよとか言ったところで、意味はないですよね。それと同じで」

春馬は小さくゆっくりと首を縦に振る。

「怖がる必要なんてないことは――たとえるなら火事が起きているわけじゃないことや、ご自分の目の前に何らかの外敵がいるわけじゃないことは、瑠璃仁様はわかっていらっしゃいます。いや、ここがわからない患者だっているんですよ、たくさん。病勢や、形成してきた価値観も様々ですし。でも、瑠璃仁様は、自分の身に何が起きているかは、よく理解されています」

落ち着きを取り戻した瑠璃仁は、「ああ――そうだ。この恐怖が、僕の精神が異常なせい、なのは、僕自身わかっている」と、ほどいた自分のてのひらを静かに見つめた。

「でもいかなる理由であろうと、現実に恐怖心が襲ってくるのだから、取り除かなければ、僕はここでまともに生きてなんていられない。僕は病気なんだからね」

そう言って、一呼吸。襲いくる闇を思い出し、その苦しみや悲しみにうなだれるように、再び布団の中に横たわる。

「そっか」

春馬は理解できているのか、いないのか、
それでも。

「少しだけ、わかったよ。馬鹿なこと言ってごめんね……本当に、ごめんなさい」

そのまなざしは、理屈抜きに真摯なものだった。

「……いいよ」

瑠璃仁は許しを与えた。

「春馬、ねえ……」

離した手を、――それでも、すぐ傍にあると自分でわかっている春馬の手を、瑠璃仁は暗闇の中で手繰り寄せ、繋ぎ直す。

「ねえ、ちゃんと、僕の手を握って」

「はい」

春馬は瑠璃仁の白い手を、筋張った大きな両手で包んだ。「大丈夫ですよ」

「……ずっと、握ってて。僕が、安心して眠れるよう、祈りながら」

「はい。祈っています」

奇妙さへの戸惑いや、わからなさに困った様子は、そこにはもうなかった。

「風が止み、波が静まり、瑠璃仁さんの心に平穏な凪の時が訪れることを」

あなたの幸福を願うことだけは、迷うことなく。

「そう……」

言葉はもう、いらなかった。

瑠璃仁は、そっと瞼を閉じた。それは愛情にとけていくように。

その姿に見惚れながら、白夜は音もなく退室した。立ち去っても、瑠璃仁の立てる小さな寝息が、感じとれるようだった。

来た道を戻る。暗闇に慣れた目には、廊下の仄明るい光が厭にまぶしく感じた。白夜はその光に合わせて無理やり気分を切り替えるように、早足で歩き去ろうとした。

子供の頃のことを思い出していた。

一人、長期入院している中で、風邪をひいたことがあった。熱が高く出て、頭がぼーっとして体は重くて、息苦しいし、時間がたっても時間がたってもしんどくて、なんだかよくわからないけど涙が出てきた。ただの風邪だと言われて自分でもわかっていたし、そこは紛れもない病院であり、医者も看護師も揃っている。何一つ心配するようなことはないはずだった。でも、その時自分は手を伸ばして、ナースコールのボタンを押した。押すのは初めてだった。すぐに女の看護師さんが飛んできた。「どうしたの？　何かあった？」と聞かれても、何も答えられない。「ごめんなさい」と一言謝った。ボタンなんか押して、怒られたらどうしようと思った。わざわざ迷惑になるようなことをして、自分は一体何をやっているのだろうと、また涙があふれた。でも彼女は、「大丈夫だよ」と言って、涙を拭いてくれた。そして、ずっと傍にいてくれた。

　ふと、厨房から水の流れる音が聞こえた。白夜は小さい頃の回想から抜け出し、現実に意識を向ける。様子を窺うようにそっと覗くと、丁寧に片付けられた厨房で椋谷が一人、皿を洗っている。すべて洗ったはずなのに……？

（まだあったのかな……手伝わなきゃ）

　と、テーブルの上に広げられた食材に気付いて足を止めた。果物の缶詰——缶切りで一刺しずつ開けていった刃跡、蓋は顔を上げるようにして反っていた。実をほじくり出した小さい箸が差さったままだ。その横に「ゼライス」と書かれた箱が転がっている。ゼリーを作ったんだろう。伊桜様の。

　手伝いに入ろうか悩んで、やめることにした。これは、椋谷さんの役割なんだ。僕にはできないい、役割。だって、伊桜様は——椋谷さんの手を握っていたんだから。

（俺、いつか、優しい看護師になれるのかな）

第4章　深淵にのぞかれて

第17話　日常にはなじみつつありますが。

ひと月が過ぎた。ここでの生活もだいぶ慣れてきた。朝は鳥よりも早く起きて、厨房へ。椋谷と共に朝食の準備に加わる。日が昇ってきた頃には白夜はそこを抜けて、伊桜と瑠璃仁の血圧測定、検温。

「伊桜様、朝ですよー」

厚手のカーテンをシャッと開ける。白い光が伊桜の顔にかかる。

「んにゃ……」

光を避けようともぞもぞする伊桜を許さず、追撃をかますように、カーテンを脇へ束ねていき、縛る。そして伊桜があくびしたのを見逃さず、すかさず体温計を舌下に差し込む。

「離さずくわえていてくださいね。また五分後に来ますから」

「ん……。スー……」

伊桜はなかなか起きてくれない。それでも日々の生活リズムを保つよう、担当医にも言われているので、白夜は頑張って起こし続けるのだが、長くなってくるとぐずるというか怒り出す。そこで白夜の編み出した方法の一つが、この口腔式体温計を使うことだ。一度起こして、口にくわえさせたらすぐ退室する。で、また起こしにくる。もともと、口腔式の方が正確に測れるので、体温計を他の患者と使いまわす必要がないなら、こっちで統一した方がいい。主訴が不明熱で、婦人の場合はなおさらだ。しかもお利口なことに、伊桜は意外とちゃんとくわえていてくれる。その頑張る意識のおかげか、少しだけ寝起きも良くなった。

その間に瑠璃仁を起こしにいく。伊桜は明らかに寝起きが悪いが、かといって瑠璃仁はいいというわけでもない。彼の場合は、何事もなく目を覚ましてくれたと思ったら「あ、おはようございます。今朝は寒いですね」などと会話までしておいて、白夜が退室するや否や静かに二度寝しているといった調子だ。最初のうちは白夜もよく騙されて、あとで暁に「瑠璃仁様がまだお眠りでした。ちゃんと起こしてください」と叱られた。瑠璃仁は煙に巻くのがうまいのだ、と白夜が気づくのに時間がかかった。見事なものだ。

伊桜に体温計をくわえさせたら瑠璃仁を起こしに行き、瑠璃仁が（欺くためにでも）とりあえずは起きたら、また伊桜を起こしに行って血圧を測定し、伊桜がだんだん不機嫌になってきたら素直に引き下がって、再び寝ている瑠璃仁の元へ行って検温、血圧測定をして起こし（彼の検温は普通に腋下検温だ）、その次にまた三度寝に入ろうとする伊桜を起こすといった流れにすると、うまくいくことがわかった。

（まあ……住み込み看護ならではの、スキルだよな……）

四六時中傍につくってこういうことかと、なんだか呆れもする。でも、四六時中患者のことを考えている自分は嫌いではなかった。伊桜の点滴剤の管理はもちろん、食事の管理と解熱剤投与の監督、瑠璃仁が出かけるとなればその準備を春馬と手伝ったり。瑠璃仁は昼の間は幻覚に悩まされながらも、会社経営の仕事をこなそうとするのだ。二週に一度は担当医の往診があって、白夜は若槻ドクターから、本人のやりたがることは仕事でも学業でも止めないでほしいと言われていた。ただし、目の行き届く一条研究所以外の場所まで外出する際は、必ず付き添うように言われている。

看護師としての手が空いたときは邸の簡単な手伝いに回ることもあった。だが伊桜や瑠璃仁に何かあって自分を呼べば、手伝いが途中でも放り投げて最優先で、二人の元にすぐに駆けつけるよう暁から伝えられている。二人専属看護の特権であり、義務だそうだ。

常駐している矢取家の「おかえりなさいませ」という声が聞こえてきて、一条の誰かが帰宅したことがわかった。白夜もシーツ交換を中断し、玄関まで出迎えにいく。コの字型の中に作られた中庭を横切るとき、赤い夕焼け空が遠くまで見えた。

(もう夕方か)

広大な庭に続く中庭の夕暮れ時は、なんだか山の中で火を焚いてキャンプでもしているような気分になる。日差しの入る昼は、緑の真ん中でピクニックをするように、雨の青い朝は海の底の水族館のように。どの時間、どの空気も、外の世界をそれぞれ美しく豊かに感じられるように邸が設計されている。もちろん、ガラスがいつも曇りなく透明に手入れされているのは前提条件だ。

「春馬は？」

「焼却炉におります。呼びましょうか？」

「ううん！　行ってくる！」

矢取のお手伝いさんを振り切って、瑠璃仁は嬉しそうに庭の方へと走っていく。元気そうな瑠璃仁に安心し、白夜は持ち場へと戻った。

✽

夕刻の燃えるような空の下、春馬は一条家の専用焼却炉で落ち葉を燃やしていた。高く突き出た煙突からの煙は、赤い空に似合っていて、長いこと眺めていても飽きなかった。

「あ……」

足元に長く伸びてきた影に、春馬が気付いて顔を向けると、

「おかえりなさい。瑠璃仁さん」

景色が消えた。

「春馬！　春馬、聞いて！」

おや……いつにない、心晴れやかな顔だ。小走りにこちらへ向かってくる。春馬は持っていた熊手をその場に置いて、歩み寄る。

「どうしたんです？」

「気付いたんだよ!!」

胸に飛びこまんばかりの喜びに、こちらまで嬉しくなる。

「どんなことに気付いたんですか」

「すごいよ！　人類史における大発見だ！」

こんな風に無邪気に笑う瑠璃仁は久しぶりだった。

春馬は急いで瑠璃仁の部屋に戻り、暖房を入れてから、厨房へ。常に沸かしている湯で、お茶を淹れて持っていく。瑠璃仁がこうして喜んでいるのは嬉しかった。本当に嬉しかった。いったい、何があったのだろう？　どんなことが、こんなにもこの方を喜ばせてくれたんだろう。春馬は思った。どんなことでも構いません。ありがとうございます。心から、感謝します。

春馬のご主人様は、苦しんでいることの方が圧倒的に多い。病気だから？　嫌なことがあったから？　原因が何であれそんなとき、自分まで苦しくなる。なんとかして元気づけてあげたくても、一使用人でしかない無力な自分には、どうにもできないことの方が多い。もがくようにして、瑠璃仁の傍に行って、一緒に泣くことしかできない。助けてあげられたらいいのに、その力が自分にはない。

だから、瑠璃仁が笑っているとき、春馬は幸せだった。

第18話　脳の仕組みについてと四次元が見えるようになるとはどういうことかについて教えてくれます。

「お茶なんていいから、そこに座って」

「はい、失礼します」

瑠璃仁に勧められるままに、ソファに腰かける。瑠璃仁は大学の教壇に立つ様に、リビングの壁を後ろに立ち、話しはじめる。

「もともと、三次元のように見えているこの世界は、もっと高次の次元の中の一部にすぎない。でも我々には、それを認識する機能がない。そうだろう？」

「はい」

講義開始みたいだ。春馬は大学時代の感覚を呼び覚ましながら背筋を伸ばす。

「ここまでは前に話したよね。僕の仮説。じゃあ、その認識する機能を手に入れれば、高次のものが見えるようになるんじゃないか？　というわけだ」

「はい」

「そこで僕は、精神医学に目を付けた。自分の病気が役に立ったのさ」

マンツーマンなので、口を挟むことも許される。

「きっと瑠璃仁さんが一生懸命研究に向き合っているから、気付けたんでしょうね」

「ありがとう。そうだね。病気なんていいもんじゃないけど……そう思うことにするよ」

春馬はこの時間が好きだった。

「さて、これから脳の話をするよ」

「はい」

「僕たちは物事を考えるとき、脳を使うね。この今も、使っている」

頷く春馬を確認し、続ける。

「じゃあ、脳を使って考えるとは、どういうことかわかるかい?」

「えっと……」

どう……と聞かれると難しい。春馬が返事を考えるより先に「それはね」と、瑠璃仁が答えを言う。

「微弱な電気信号のやりとりだ」

今日はよっぽど先を急ぎたいらしい。春馬は先を促すように頷き、息を合わせる。

「すべて電気信号に置き換えられているのさ。生物と機械は似ているところがいっぱいあるけれど、こんなところも似ているよね。脳内で電気信号を送り合うっていうのは、どうやっているかというと、生物は化学信号も挟むんだよ。つまり……」

年老いた教授が、遠く幼いころの学習内容を思い出しながら問いかけるように。

「ニューロンとシナプスからなる神経細胞で刺激を送り合っているんだ。これは高校生物で習ったかな？」

「はい。なんとなく覚えているような」

瑠璃仁なんて、つい最近まで高校生だったはずだが。

「うん。そこをもう少し詳しく言うとね、それぞれの電気信号はそれぞれの「レセプター」という特定の形のくぼみにはまることで「意味のある情報」として人体へ反映され、意思や行動に表れる仕組みになっているのさ。ちょうどジグソーパズルのピースが合致するように。レセプターに合致しなかった情報はそのまま、無意味なものとして脳内にあるだけ。ただの化学物質のままでね。何も反映されることなく——喩えるなら、そう、虫には見えて僕らヒトには見えない紫外線や、赤外線の色みたいなものかな。波長は存在するけど、視覚情報として僕らには取り込まれていない……という意味でね」

曖昧に頷く。だんだん難しくなってきた。

「あ、僕、言葉のサラダになっちゃってないよね？」

「なっていないと思いますが、僕には何やら難しすぎて」

でも、こうして話してくださることが嬉しくて、また話してほしくて、頑張って付いていこうと春馬は思う。話の邪魔はしたくないから、自力でなんとか理解しなくちゃ。

「レセプターの種類は多岐に亘っていて、そのすべてが解明されているわけではないんだ。最近の研究によって、中には眠ったままのレセプターもあることがわかってきた。四次元を知覚できる方法を探していた僕は、そこに可能性を見出していた。人類の脳内に、四次元の情報を入手できるレセプターが眠ったまま存在していることを。それで、どうにかしてその四次元レセプターを見つけ出し、叩き起こしてやろう、と思ったのさ」

瑠璃仁の興奮のボルテージが上がっていくのを感じる。

「そして、ようやく今日、見つけることができた——」

そう告げる瑠璃仁は、高まりの中にいるようで。

「やっぱり初めから、神によって用意されていたんだよ、それは！」

その気分を、少しでも多く一緒に体感したい。春馬は自分の無学を呪った。

「人類の隠しコマンドみたいなものだ。つまり、そうだな……どう言えばわかりやすいかな。次元を落として二次元で話そうか。ファミコンのマリオ……ってわかる？」

春馬は「はい」と頷く。世代的には、むしろ瑠璃仁が知っている方が驚きだ。

「ファミコンで言うマリオは、前に進んだり後ろに戻ったりの〝前後〟、上に飛んだり土管にもぐったりっていう〝上下〟方向にしか操作できない。これはつまり二次元だよね」

「はい」

「それが奥行きを認識できるようになったってこと。一面、二面……って、概念とは別に、一面の背景の中、二面の背景の中、って、ステージが立体的に用意されていることに気付いたんだよ！」

自分にもわかりやすく噛み砕いて説明してくれていることに感謝し、春馬は思考する。

ファミコンのマリオ……上下左右にしか動けない、二次元の世界。その、奥行き？　背景の中？

「奥行きって、あの、山とか、木とか、空や雲の、ゲームとは関係ないただの背景のこと？」

「そう！」

「つまり……二次元のゲームの中で、奥行きの……背景の山とか、木の裏側とかへの行き方を見つけた、ということですか……？」

春馬の受け答えに瑠璃仁は、破顔一笑。

「その通り！　その通りだよ!!」

春馬は「はい」と力強く頷く。やった。

「ジャンプして前に進むだけじゃなく、縦横無尽に冒険ができることに気がついたのさ。ただの背景壁紙だと勝手に思っていた場所に、行けるかもしれないことが分かったんだよ！」

「すごいね、瑠璃仁さん」

「ああ。これをのめば、春馬だって四次元の住人になれる！」

「そうなの？」

「うん。人体での臨床はまだだ。でも、うまくいくと思う。アサガオの種だよ！」

「アサガオの、種ですか……？」

次から次へと予期せぬ単語がぽんぽんと飛び出してくる。

「そう。アサガオの種から有効成分を抽出したんだ。それで試薬品第一号が完成だ！」

へえ。なんて身近なものから見つかったんだろう。

「昔さ、困ったクラスメートがいたんだよ。その子の話を思い出して、頭の中で急に結びついたんだ。僕の通っていた小学校で育てたアサガオってね、小学二年生の先輩が、前の年に育てたアサガオからとれた種を一年生がもらって、また一年育てて、そして新一年生にあげるんだ」

日本中の小学校で、よくあるやり方だろう。

「そんな大事な種をさ、昔、一年生代表として預かって、そして……こっそり全部食べちゃった人がいたんだよ」

「種を？」

「そうだよ。意味が解らないよね」

迷いながらも、春馬は頷いた。なんでまた食べたんだろう？　その者の担任教師はさぞかし手を焼いたことだろうと同情する。

「その子が散々叱られた後の、退屈な授業中のこと――彼はちょっとおかしいことを言っていた。見える、見える、って。隣のクラスも、そのまた隣のクラスも、上の階も下の階も――見えるって。校舎の壁が取り外されているところを、運動場から眺めたわけでもないよ。そうじゃない。でも彼は何かに取り憑かれたように、何年何組は何の授業をしていて、何年何組の教室には誰もいない、とか言い始めた。そのとき僕はちょっと興味深く思ってね、どういうこと？　って詳しく聞いてみたんだけど、彼は興奮状態で、何を言っているのか、さっぱり理解できなかった。先生も混乱して、そのあとある事件もあって……すぐ保健室に連れて行ってしまったし」

でも、今となってはそのすべてがわかるんだ、と瑠璃仁は、宇宙の神秘に触れるように囁いて言う。

「次元を落として喩えると——水面に浮かんだ蓮の葉に、目があるとしようか。少しイメージしてくれる？」

「イメージします」

「うん。葉っぱになりきってみて」

春馬は言われた通り、自分が水面に浮く葉っぱになった姿を想像した。背泳ぎしているイメージかな？

「でも、目は葉のふちにあって、空や水中を見ることはできない。見えるのは、目の前に自分と同じような葉が、浮かんでいるかどうかだけ——」

瑠璃仁の補足を聞いて、考え直す。空や水中を見ることはできない？

「ん、では、背泳ぎじゃなくて、バタ足ですか？」

「そうだね。でも、水中も見えない。ちょうど、目の位置が、水の上でも下でもなく、厚みゼロの水面の位置にあって、そこだけを見て泳いでいると考えてみて」

空でもなく、水中でもなく、水面だけしか見えない。

「前の人や、障害物とぶつかるかどうかだけ、わかる感じですか」

「そう」

ペラペラの葉同士なら、たしかにそうなる。なんだか心許ない情報量だと春馬は思う。どれくらいの大きさの葉であるかも、わからない。もし面積の少ない葉が隣にいるなら、ぐるりと回り込めばそれで越えられるが、自分の位置からは小さそうに見えても、越えようとして回りこんだときに、予想外に大きな形をした葉なら、回り込んだりせず最初から諦めておけばよかったと思うだろう。それに目の前の葉の向こうにある葉に関して言えば、重なってしまって見ることさえできない。

「でも、そんな葉が、ある日なにか、子供に石を投げられたか、何かどかーんと衝撃を受けて、水中に潜ったとしたら。そこで葉がくるくると九十度回転して、目が上を向いた時、見上げたらどうなる？　自分の横に葉が浮かんでいるかどうかしか、知る由もないと思っていた葉は、その周辺に何枚もの葉が浮かんでいるということを知る。全体を見渡すことができたわけだ——自分の存在する平面の世界を、別次元の概念でなら、一望できた」

その葉である自分が、どぼんと水中に潜らされたとしたら。

隣は、丸みたいな形、その隣は長丸、その隣は真ん中に穴が開いていたんだ——と。

「その子が体験したのは、今思えばおそらくそれと同じことだったんだ。葉の喩えは、二次元の世界を三次元の概念でもって見た時のものだけど、それをそのまま、三次元上の世界を、四次元の概念でもって見たと置き換えてくれればいい。本来、壁と床と天井で覆われた他の教室は、ドアを開けて中に入らない限り、見ることなんてできないよね。でも彼はそのとき、次元の違う角度から見たんだ。水面のことしか見えないはずの葉が、ひょんなことから水中に潜って上を見上げたように。彼は三次元の概念で生活している者には見えないはずの位置にあるものを、その時まるまる一望できてしまった。という理論さ」

春馬は、すぐに適当な言葉が出てこなかった。与えられた新しすぎる感覚に、ただ戸惑っていた。

「ま、その後彼は、次第に急激な腹痛に襲われて大惨事の大事件。卒業するまでずっとウンコマンって呼ばれていた」

「……お気の毒に」

「たぶん、みんなはそっちの方が印象深かった」

さんざん下痢して気を失い、浣腸と胃洗浄までされた上で、病院で目が覚めた彼はすぐに、見たものの内容を医者に説明したが「白昼夢か、幻覚でも見たのでしょう」と言われて終わりだったらしい。その角度はその後、三百六十度どんなに探しても、二度と、見つからなかったそうだ。

「天才と馬鹿は紙一重っていうし、彼は今の僕にとってみれば天からの福音だ。正直手詰まりで、他の研究者からはもうやめようと何度も言われていたんだ。あと少しだ。あと少しで、僕の言っていることが全部正しいと証明できる。妄想なんかじゃない、って！」

瑠璃仁の右目には少年のような熱い輝きを、左目には必ず成し得ようとする怜悧さを見つけた。春馬は深く頷いてみせた。

第19話　アサガオが世界を変えるのだそうです。

白夜は瑠璃仁を研究所に送り出した後、ベッドのシーツ交換を終え、伊桜のことも家庭教師に任せ、矢取家の人と雑用をテキパキこなしていた。そのとき。

「白夜くん、ちょっといいかな。僕は今から研究所に行く。一緒に来てくれる？」

「はい。何かあったのですか？」

普段穏やかな春馬が、矢継早にそう言って白夜を誘った——どこかただならぬ緊迫した空気。「瑠璃仁さんが錯乱状態みたいなんだ。暴れてるって。すぐ行こう」白夜は頷くと、エプロンを外す時間も惜しんでそのまま車に乗り込んだ。

研究所の玄関に車がつけられる。瑠璃仁の大声が外まで聞こえてきていた。

「春馬！　春馬はまだなの？」

春馬はいてもたってもいられないように「瑠璃仁さーん！　どうしましたか？」と大声

で呼びかけながら駆け込んでいく。白夜もそのあとに続く。

「こ、こいつらが、僕の悪口を言うんだ……！　なんとかして……春馬……」

瑠璃仁の周囲には何枚ものレポート用紙が散らばっている。

「いやいや、言ってないですって！」

「坊ちゃんの悪口なんて言うわけないですよ僕達！　一条家の方には、こんなに良くしてもらってるのに……。春馬さん、お願いします、信じてください！」

「うるさい！　僕はここの研究所のオーナーだ……みんなクビにできるんだぞ！」

「坊ちゃん！　落ち着いてください！」

叫ぶ瑠璃仁、困惑した研究員。春馬は何も見向きもせず、瑠璃仁に向かって駆け寄っていく。

「瑠璃仁さん、少し部屋を移動しましょう」

「うん……。春馬……」

心から縋るように瑠璃仁は春馬に寄りかかる。白夜は瑠璃仁を春馬に任せ、自分は何があったのか情報を集めようと、周囲を観察した。嵐が去った後のように散乱するレポート用紙を床から拾い上げ、研究員が片付けていく。

「困ったよ。あんなふうに言われちゃ……」

「研究の成果がなかなか上がらなくて、坊ちゃんも精神的に参っているんだろう」

「けどなあ……」

「そういう病気なんだから、仕方がないさ。主治医の若槻先生も俺たちの苦労をわかってくれている」

「病気で一番つらいのは坊ちゃんだ。俺達が春馬さんに睨まれるくらい我慢することだ」

「でも、一条さんの親御さんに変に耳に入ったら」

「大丈夫。ほら、看護師さんもわかってくれるだろ」

急に同意を求められ、白夜は慌てて肯いた。

「瑠璃仁様は被害妄想を持ちやすい病気ではありますす」

「だな……。ありがとよ」「わかってもらえると助かるよ、まったく……」研究員たちはやれやれと持ち場に戻っていく。

(何があったんだろうな)

「いいよな、初めから金をいっぱい持っている人間は。夢を追っても食いっぱぐれることはないんだ」

「そうだな。でも、いくら金があったって現実は許してくれていないだろ。治験審査委員からは、そんな研究は荒唐無稽だと治験許可申請をはじかれた」

「まーな」

治験審査委員？　そことなにかトラブルがあったのだろうか。白夜は口を挟んでみる。

「あの、治験審査委員っていうのは？」

「この実験は人体実験だからな。治験するには許可がいる。それが下りなかったってことだ」

「仕方がないさ。この研究は、金と夢はあるけど、無理がある」

「こじつけっていうか、ねえ……」

「坊っちゃんはアサガオの種に、ヒトの機能していないレセプターを活性化させる作用成分があると結論付けてるけど、我々が思うにそれは単なる麻薬の一種だ」

　どぎつい一言に白夜は思わず聞き返す。

「麻薬⁉　ですか？　えっ、麻薬……？　アサガオ？」

　瑠璃仁はここで一体どんな研究をしているのだろうか。

「小学校で長い年月かけて代々受け継がれてきた種の中に、そういったものが混じってしまったのかもしれない。いろいろ種類があって、たとえばチョウセンアサガオなんていったら完全に麻薬だし」

「いやっ、でも……！　そんな簡単に混じるような物なんですか？」麻薬なんて言ったら、育てただけでニュースになるような事件なのではないだろうか。

「んー？　大麻とかは育てたらダメだって規制されているけど、あとは別に、園芸用として販売されてるよ。チョウセンアサガオも、エンジェルズ・トランペットとかいって園芸用に売られているし、好んで庭で育てている園芸家もいる。見た目も綺麗だしね。でもこれを食べるくらいなら、むしろ大麻の方がずっとマシなくらい危険な幻覚の見える植物かな」

「ヤクザの庭とか山の奥まで行かなくても、危険な植物なんてこの世にゴマンとあるよ」

一人はそう言って窓の外を指さす。「ほら、研究所の庭に生えているスイセンなんかも、球根や葉には有毒アルカロイドを持っている。ニラに似てるからよく誤食の中毒事故がある。アジサイの葉にも、フェブリフジン系のアルカロイドがあるし」

「これなんてさ」研究員の別の一人が戸棚から取り出した瓶を差し出す。白夜は受け取ろうとして――「ドラマでよく殺人に使われる青酸カリウム」

「ええっ!?　青酸カリ!?」

どきっとして手を引っ込めた。そのために瓶を落としそうになって、おっと、と研究員が両手の中で弾ませる。中にはサラサラとした粉のようなものが入っている。これ、うっかり吸ったら死ぬのだろうか。そんなもの近づけられたくない。

「あはは、ごめんごめん。でもそう怖がるけどさ、フグ食べたことある?」

「フグですか?　あんまりないですけど……まあ一度くらいはあります」

白夜は食べた記憶より、提供した記憶の方が新しい。一条家の邸の調理師が先週の夕飯に捌いていたのだった。

「でしょー?　フグの毒なんてこれの千倍の毒性があるんだよ」

「えええ!?　青酸カリの?」

鳥肌が立った。フグ調理、何も知らずに後片付けを手伝った覚えがあるぞ!

「フグはうまいだろ?　だから、食べるのを禁止にはしない。車にはねられて人が死ぬからと言って、車の販売を規制できないのと同じ」

白夜はおそるおそる、青酸カリの瓶を受け取ってみる。瓶に入った毒物は、こうしてみている限りはただの白い粉だ。

「とにかく、坊ちゃんの発想には、至るところに無理があるというか、理論もガバガバ」

「年の割には優秀だとは思ったけど、長年科学者やってきた僕達みたいなプロからしてみれば、一目瞭然だね」

「そうですか……」

白夜にはわかっていた。瑠璃仁は重度の境界失調症だ。つまり脳の病気であり、「もののごとを結び付ける働き」が、うまく機能しなくなってしまっている。適切な連想ができないのだ。

健康な人は、何かの物事についての連想の中から適切なものを選びながら、会話でも、心の中でも順序よく説明していくものだが、この病気にかかると、「適切」や「順序」を考える機能が緩んでしまう。だから、連想が浮かぶまま表面的につなげたり、脈絡もなく飛躍させてしまう。目が合っただけで殺意を抱かれているように感じてしまったり、信号待ちをしている車と車のナンバーの並びに、何か深い意味を見出そうとしてしまったり。

そういう病気なのだ。

第20話　治験審査委員からの嫌がらせがあります。

研究室から瑠璃仁を離した春馬は、センサーや盗聴器のない場所で話を聞いてほしいという瑠璃仁と一緒に、納得できる場所を探した。外は人工衛星が見張っているからだめだという。やっと見つけた条件に合致する場所は、白く真新しい立方体のような空間だった。

「春馬……あのね、みんなが、僕の悪口を言って……僕に嫌がらせするんだ……」

弱々しくうめく瑠璃仁に、春馬はゆっくりと息を紡ぐように言う。「それは、辛いですね……。瑠璃仁さんが苦しんでいるのは、僕も、辛いです」

「もう、生きていたって意味がない」

「なぜですか?」

「僕は否定されているから」

「誰が否定するんです?」

「治験の審査委員。人体で臨床実験をするには手続きが必要なんだ。そのための申請をしていたんだけど、すべて却下された。理由は、荒唐無稽だってさ」

尊厳を踏みにじられ傷ついた顔で、瑠璃仁は笑う。

「ははは。僕が病気だから？　界隈じゃ有名なんだってさ。今日もまた研究仲間から言われたよ。いや、仲間なんかじゃないね。僕は知ってるんだ。僕なんて、気の狂ったただの妄想患者だって言われてる！　僕の研究は、世界を塗り替えるんだ！　それなのに、誰も信じてくれない!!　誰も!!」

「どんなことを言われたんです？」

「坊ちゃんに言われた通りやっていればそれで大金がもらえるなんて、こんなにいい仕事ないって、科学者でも介護士でもいい、俺は家庭の方が大事だからな、って笑うんだ。ここは一条お坊ちゃまの入院施設代わりなんだって！」

　春馬は痛む胸を押さえて、首を横に振った。

「瑠璃仁さん、僕は瑠璃仁さんのしていることが、すごいことだと信じていますよ」

「春馬なんて、なんにも知らないくせに！　わからないくせに！」

　子供のように瑠璃仁は春馬に当たる。

「たしかに僕に難しいことはわかりません。でも、瑠璃仁さんは、僕にいつだって面白い話をしてくれるじゃないですか。そんな瑠璃仁さんが荒唐無稽なことを言うだなんて、僕にはそっちの方が信じられないんですよ」

　瑠璃仁はもっと何かを言おうとして開きかけた口を、一度引き結んで、静かに春馬の言葉を聞いた。

「そう言ってくれるのは春馬だけだよ。ありがとう」

瑠璃仁の双眸にまた光が灯ったように見える。春馬は息を整えて、小さく頷いた。

「でも論文と計画を公的に認めてもらえない以上、実力行使するしか……実験を成功させて認めさせるしかない。だって、四次元が見えるようになるんだよ？　四次元が見えるようになったら、ものすごいことになる。蓋を開けないで中のものを見ることができるし、取り出すことだって可能だ。手の届く距離まで空間がねじ曲がっているのがわかったら、テレポート移動だってできる。世界がたちまちのうちに変動するんだよ。ああ、もう、僕ならそれを可能にできるのにな。悔しい」

瑠璃仁は床に座り込んだ。

「こんな病気なんかになったせいで――だいたい、僕はこの病気になったからこのことに気づけたんだ！　それなのに！　この病気のせいで妄想状態だと言われて！　僕はいったい何のために、この病気を耐えていると――っ、その上でどれだけ苦労して考えていると、思っているんだ！　実験できれば、すべては実証できるのに！　どんなに理論立てて説明したところで、僕の論文は見向きもしてもらえない。でも実証できれば一転、注目を集めることだろう！　この実験には人体への薬剤投与が必要となる。でも僕の周りに、そんなことを協力してくれる人はいないんだ。僕自身、妄想や幻覚を伴う病気持ちだから、自分でやるわけにもいかないしね……」

微かな光が消えたりしないようにそっとかざす春馬の手は、あまりにも小さかった。

第21話　急性期の患者を無事に連れ帰る方法について看護師くんは考えていました。

白夜は研究所を歩き回って、消えた二人を捜していた。携帯電話は何度かけても繋がらない。壁に掲示されていた避難経路図を確認すると、施設の部屋数はそこまで多くないようで、しらみつぶしに部屋を回ることにした。

頭に入れた地図と現在位置を照らし合わせながら、東、南、西、北と順序立てて回っていたら、ふと想定外の場所に出て混乱した。明らかに地図に載っていない部屋が並んでいる。とうふのような白く奇妙な立方体——真新しいので、後から増設したのだろう。白夜はここまでやってきたことを繰り返すように、パタン、パタンと扉を開けてみた。そのうちの一室に二人はいた。春馬にもたれるように立っている瑠璃仁が、じっと推し量るようにこちらを見つめていた。

「探しましたよ」

白夜はちょっと戸惑いつつ、失礼します、と声をかけて中に入る。さて急性期の境界失調症患者を無事に連れ帰るにはどうすればいいのだったか……と考えながら。

「白夜くん、ちょうどいいところに来たね」

瑠璃仁は真顔のまま、そう声をかけてきた。思ったより感情的ではない。春馬がうまく落ち着かせてくれたようだ。

「白夜くんも、実験に付き合ってくれない？」

「えっ!?」

……だが妄想は継続しているらしい。おそらく穏やかならざる類の頼みをされるのだろうという予感が、白夜の胸の内に苦々しく広がる。読みが外れてくれることを願いながら、「どんな……ですか？」と問いかける。

「治験だよ。僕の製造した薬を飲んでほしいんだ」

やっぱりそんな頼みだ。

「本来なら、正式に許可を得てから進めたいんだけど、僕は治験審査員に嫌がらせされていてね。審査員だけじゃない。ここの研究員からもね。世紀の大発見だっていうのに、非協力的でいけないよ。こうなったら、もう、実力行使で認めさせるしかなくなってね。ねえ、僕を信じて、体を預けてくれないかな」

「それは、えーと……」

瑠璃仁の病気の進行は、思ったよりかなり進んでいるのかもしれなかった。危険度も増している。

立場上、どう断ったものか……。白夜は思案する。真正面から、「それは妄想ですので

料金受取人払郵便

新宿局承認

3970

差出有効期間
2022年7月
31日まで

（切手不要）

郵便はがき

1 6 0-8 7 9 1

141

東京都新宿区新宿1－10－1

（株）文芸社

愛読者カード係 行

ふりがな お名前		明治 大正 昭和 平成 年生 歳
ふりがな ご住所	□□□-□□□□	性別 男・女
お電話 番 号	（書籍ご注文の際に必要です）	ご職業
E-mail		

ご購読雑誌（複数可）	ご購読新聞 新聞

最近読んでおもしろかった本や今後、とりあげてほしいテーマをお教えください。

ご自分の研究成果や経験、お考え等を出版してみたいというお気持ちはありますか。

ある　　ない　　内容・テーマ（　　　　　　　　　　）

現在完成した作品をお持ちですか。

ある　　ない　　ジャンル・原稿量（　　　　　　　　　　）

書　名				
お買上 書　店	都道 府県	市区 郡	書店名	書店
			ご購入日	年　月　日

本書をどこでお知りになりましたか？

1.書店店頭　2.知人にすすめられて　3.インターネット（サイト名　）

4.DMハガキ　5.広告、記事を見て（新聞、雑誌名　）

上の質問に関連して、ご購入の決め手となったのは？

1.タイトル　2.著者　3.内容　4.カバーデザイン　5.帯

その他ご自由にお書きください。

（　）

本書についてのご意見、ご感想をお聞かせください。

①内容について

②カバー、タイトル、帯について

弊社Webサイトからもご意見、ご感想をお寄せいただけます。

ご協力ありがとうございました。

※お寄せいただいたご意見、ご感想は新聞広告等で匿名にて使わせていただくことがあります。

※お客様の個人情報は、小社からの連絡のみに使用します。社外に提供することは一切ありません。

一旦実験を中断して、治療に専念なさってはどうですか」と言うべきなのだろうか。しかし、言い方によっては拒絶されてしまうかもしれない。信用をなくし、敵とみなされ、もう近づくなと言われるかもしれない。そうなると今後看護が非常にやりにくくなってしまう。そもそも、瑠璃仁の主治医の若槻医師からも、本人のやりたいことは止めないよう言われてもいるし……。

「うーん……僕は……」

難しさを感じながら歯切れ悪く言い淀んでいると、春馬が瑠璃仁を温かく抱きとめながら言った。

「僕は構いませんよ。瑠璃仁さん。治験は僕が受けます」

白夜は思わず、「春馬さん!?」と声を上げてしまった。でも春馬は首肯した。「いいんです」

「ありがとう春馬。……じゃあ白夜くんはやめとくんだね」

「す、すみませんが……」

「うん。いいよ」

意外にも、瑠璃仁はあっさりと引き下がってくれる。激昂も、落胆もない。終始真顔のまま、変化がなく、感情が読み取れなかった。春馬が受けると言ってくれたからだろうか。と一瞬思ったが、

「それじゃ、先に邸に帰っていてくれる?」

そもそも、発狂した瑠璃仁が最初から呼んでいたのは春馬の名前だ。白夜の名前など一度も叫んでいなかった。今だって一応、白夜にも声をかけただけで、瑠璃仁は初めから、白夜には特に何も期待していなかったのだ。白夜は今更ながらそう思い至った。

「……はい」

距離が開いている。また開いていく。

——でも、仕方がないじゃないか。

知らない顔して、春馬みたいに実験に付き合うという方が無茶だ。自分は瑠璃仁の言動が病気によるものだと知っている。でもそれなら、春馬にだけはきちんと伝えなくてはならない。瑠璃仁が病気で妄想をもちやすい状況下にいることを。

第22話　深淵にのぞかれた看護師くんは。

春馬に瑠璃仁の病気について伝えようと思うものの、本人のいる前ではさすがに憚られた。瑠璃仁はもう白夜のことなど目に入っていないようだったが。

「では、また電話します」

白夜はそう言って研究所を出ることにした。少し時間を置くため、帰り道の地下鉄を降りたタイミングで、春馬に電話をかけようと。門のそばには先ほど自分をここまで運んでくれた車が待っていたが、あれはもともと瑠璃仁の移動手段であり、使用人を運ぶためのものではない。瑠璃仁が春馬を呼びつけたので、春馬と白夜が使わせてもらっただけだ。主人がいつ帰るともわからないし、空いているからと送ってもらうわけにはいかない。

最寄り駅に到着した白夜は改札機を通って地上に出た。並木道を歩きながら、スマートフォンの履歴一覧を開く。先ほどの春馬への発信履歴が並んでいる。全部不在に終わっているものだ。発信ボタンを押す。呼び出し音が続き、しばらくすると時間切れで切れてしまう。瑠璃仁が傍にいたら春馬は電話に出ないのかもしれない。それも考慮して、邸につくまでに何回かかけ直すつもりだった。二回ほどトライしたが、繋がらない。今は邪魔になるのかもしれない。時を改めようと思ったとき、折り返し着信があった。春馬だ。

「もしもし、白夜です」

「もしもし？　ごめんね出られなくて」

「いえ、お疲れ様です」

「お疲れ様、白夜くん。どうしたの？　道、迷った？」

「大丈夫です。あの、ちょっと今いいですか？」

今いいか、というのは、傍に瑠璃仁がいないかということだ。

「うん。今は僕一人だよ。瑠璃仁さんも、もう落ち着いていて、研究室の方にいるからね、大丈夫。まだ僕は帰れないけど」

白夜を安心させるような声音で、春馬は優しくそう言う。

「どうしたの？」

白夜を心配して、場所を移動して電話をくれたのだろうか。

「……その、説明が難しいのですが、聞いてください」

春馬は「うん」と促す。

言わなくては。病気のことを、春馬にもわかってもらわないといけない。

その一心で、白夜ははっきりと伝えた。

「瑠璃仁様の実験に協力するのはやめた方がいいです」

春馬は黙ってしまった。白夜は続ける。

「瑠璃仁様は……病気なんです。どんな病気かって言うと、妄想を持ちやすい病気です。彼には被害妄想や、誇大妄想などといった典型的な症状がまさしく現れ始めています。だから、事故につながる可能性が高いんです」

白夜はそこまで言って、春馬の様子を見る。「そうなんだね」春馬は、一つ息を吸い、吐く。「でも僕には、こうすることしかできないんだよ」

「大丈夫ですよ！　僕が何とかしますから」

春馬は瑠璃仁に協力すると言ってしまった以上、白夜よりさらに断りづらい状況かもしれない。でも、本人が危険を理解して断りたいと思うなら、なんとかなる。多少不自然になるのは仕方がないとしても――。

しかしそんな白夜の心の準備をよそに、

「いいんだよ」

春馬の声音は、怖がっているとか絶望しているとか言ったものではなく、諦観……というより受け入れたような、先ほどと変わらない優しいもので、

「えっと、春馬さん……？」

白夜はなんだか、話が通じていないような手ごたえのなさを感じて戸惑った。すると、春馬は言うのだ。

「……僕は……瑠璃仁さんが精神的な病気だとか、四次元が見えるようになるとか、そういう難しいことは、正直今もよくわかっていないのかもしれないんだけど……でも瑠璃仁さんがもし本当に必要だと言うなら、――それが、たとえどんな理由であっても――その……たとえ白夜くんの言う妄想であっても、僕でよければ、なんにでも使ってもらおうと思ってるのは、僕の意志だから」

そもそも、考慮の内だとでも言うように。

「……春馬さんは、瑠璃仁様の病気をわかって、やると言っているんですか？」

「そうだね。僕はもうお邸には戻れないと思うよ」

そんな静けさ。

何かの聞き間違いか、思い違いかと思う白夜に、春馬は続けて言う。

「覚えておいて？　もしこれから先、僕に何かあっても、絶対に、瑠璃仁さんを傷つけた

りしないでね。——僕が見つけた、生きる理由——。それはこの家のために、生きることなんだ。何も怖くない。ここは、僕の世界そのものだから」

春馬の一方的な宣言。あまりにも現実味のない内容に思えた。しかし春馬は、決して冗談を言っている調子ではなかった。

「庭のこと、椋谷くんにならちょっとは任せられるかな。引退した先代の庭師に、もう一度来てもらわないといけなくなったら、悪いけど白夜くん、僕の代わりに謝っておいてくれるかな?」

「春馬さん……あの、春馬さんの言っていることの意味がよく、わかりません」

「そうだよね。なんて言ったら、わかってもらえるんだろう」

さっきまで白夜が悩んでいたのと同じような調子で、春馬は説明するための言葉を真剣に探している。

「つまり、ほら、隕石が降ってきて地球が割れたって、人間はその隕石を責めたり罰したりなどしないだろう? 地盤に亀裂が入ったなら、その上に橋をかけて。一面海になったなら、船を浮かべて。足も焼けるような灼熱の焼野原なら、どこまでも走り続ける。——そうして僕は、瑠璃仁さんのために生きていけることに、ただただ感謝しているんだってこと、かな。いいかい? 瑠璃仁さんを責めないでね」

「春馬さん……っ?」

「あ、いけない。瑠璃仁さんが呼んでる。もう行かなくちゃ」

それで電話は切れてしまった。

白夜はなんだか胃がどんよりとするのを感じて吐き気を堪えた。

自分には理解できない。

まったく理解できなかった。

優しくなりたい。その気持ちは今でもある。理想であり、ちゃんとした目標だ。

でも。

そのためにはここまで尽くさなければいけないのだろうか……？　喜んで一緒に怪我を負うような行為まで……？　それが究極の優しさなのだろうか。もしもそうだというのなら……。白夜は瞳を閉じて自分の心に耳を傾けてみる。

自分にはそんなこと、無理だ、とてもじゃないができない。あんなふうになることを、目指せない。こんなのは嫌だ。だってそんなのって意味不明だ。率直な気持ちを言えば、なんの魅力もない。絶望しか感じない。

じゃあ、それって俺は〝優しい看護師〟にはなれないのだろうか？　あそこまで尽くすことが無理でも、誰も、責める人はいないだろう。でも、俺は〝優しい看護師〟になりたくてここに来たのに？

その問いから逃げるように、絶望に蓋をするように、白夜は春馬に言われた通り一人で邸へと帰り、やりかけのまま放置していた元の仕事に戻った。自分はまだこの邸に来て日が浅い。自分の知らないことだってきっと多いだろう。そう、きっと、そう。何か触れてはいけないものだったんだ、あれは。だから、触れないようにした。それだけだ。それだけ。そう言い訳を並べて、忘れようとした。後から思えば、ただ考えることが恐ろしかっただけなのだ。向き合いたくないものから目を逸らしただけだったのだ。自分は医大を辞めてまで、今まで無謀な挑戦をしていたのではないかとか、これをも受け入れなくてはならないとしたら、そこにはいったいどんな苦しみが待っているのだろうとか。

それ以降白夜は、春馬を見かけることはなくなった。春馬がどこで何をしているのかは不明だったが、瑠璃仁の精神状態はその後かなり安定した。それがまた余計に、白夜にこれでいいのだという正当性をもたらしたし、また黒々とした深みのようなものを感じて、その深淵から遠ざかりたくなった。本当は瑠璃仁は安定したというより、怪しくも何かに一心に向かっているという感じだった。朝も目覚めよく起き、夜眠れないと呼び出すこともない。研究所に泊まり込むことも増えた。手がかからなくて助かると言えば助かる。だが、瑠璃仁という自分のたった二人しかいない担当患者が、本当にどんどん遠くなっていってしまっていることも、もちろん感じていた。一方で伊桜の体調は日に日に悪くなっており、点滴管理や解熱剤の投与など、白夜の意識は実際的に伊桜に集中せざるを得なくなった。それをいいことに、白夜は瑠璃仁のことを春馬に押し付けてしまった。

でももしも、あの時にきちんと瑠璃仁に、自分の理想に向き合っていれば——事態は大きく変わっていたかもしれない。

第5章　動き出す両輪

第23話　懐かしの愛長医科大学病院についに出戻ってしまいました。

あの日から白夜はほとんど邸での仕事に専念していた。

検温するために白夜が部屋を訪れると、伊桜は目を開けるのも辛そうにぐったりとしている。かなり具合が悪く、朝はまだマシだが、午後になると熱が高く上がってしまう。毎日では、心も体も疲れ切ってしまう。三十八度の慢性的な不明熱で留まっていたものが、生死に関わるレベルの高熱症状になってきてしまった。悪化しているのは間違いない……。すでに体中調べ尽くしているとはいえ、悪化して初めて検出できるようになるものもあるだろう。

(これは、もしかしたら、ひょっとすると——)

白夜の予感は的中した。

伊桜を乗せた車椅子で、長く白い廊下を人ごみの中をかき分けながら行く。

(ああ……こんなに早くに、戻ってきてしまった……出戻りだな)

まもなくして、伊桜は入院した。——白夜なつかしの、愛長医科大学に。

白夜はできるだけ顔を伏せつつ、慣れ親しんだ廊下を最短経路で進む。

医大の様子はまったくと言っていいほど変化はなかった。総合受付にも、各科窓口にも、病棟にも、売店にも、どこもかしこも病人と、医療従事者で溢れている。

「白夜じゃん！　なにやってんの?!」

「う……！」

顔見知りの元同僚が驚きと共に声を掛けてきた。

「あれ？　小児科に異動になったの？」

「いや……ちがうけど……」

精神科にも小さい子はいないことはないが、最近白夜を精神科で見かけないのでそう思ったのだろう。

「あれ、よく見たら、看護服じゃないじゃん。どうしたの？」

看護服がないなら自分のを貸そうか？　くらいのノリで問いかけてくる。

「はくやー！」伊桜が見上げて急かす。

「はいはい、伊桜様！　じ……じゃ、先を急ぐから」

「お……？　おうー」

逃げるようにして進めば、先の方からまた顔見知りの看護師、向田さんが。

「あらぁ、加藤くんじゃない」

向こうもお爺さんを乗せた車椅子を押していた。

「まあ可愛い子ね～！　あら？　加藤くんの妹さん？」

「いや違いますそんな……」恐れ多いです。

「じゃあいとこ？」

そういうわけでもない。すると、自分の手元から、

「はくやはいおのかんごしさん」

伊桜が憮然とした声でそう言い放つ。

「ええ？」「伊桜様っ」焦る白夜に、きょとんとする看護師。

「ちょっと、行かなくちゃいけないので、また説明させてくださいっ」

「あらあら、ごめんなさいね！　じゃあね～」

すれ違いざま、車椅子のお爺さんが「ホホ。じゃあ向田さんはワシの看護婦さんじゃ」などと笑っていた。伊桜がむんっと振り返って身を乗り出し、手を振るお爺さんの後ろ姿をじーっと眺めているのを、危険だからとやめさせる。

（なんか気恥ずかしいなあ……。今の姿を元同僚に見せるのって……）

伊桜が入院しているのは病棟最上階の特室。当然のことのようにこの医大で一番高価な部屋だ。広々として静かな個室で、ベッドも大きくふかふか、部屋にはトイレとバスルームだけでなく、なんと小さなキッチンとリビングまでついている。ここに三泊もしたら、部屋代だけで白夜の一か月の給料を軽く超える。そんな病室があることを、看護師だったころに噂には聞いていたが、実際にどんな人が泊まるのだろうと、他人事のように考えていた。

（こういう人が泊まるんだな）

大きなベッドにちょんとうずもれる小さな伊桜の姿は、もうそんなに見慣れないものではない。病人なのにキッチンやリビングなんて必要あるんだろうか、などと考えていたことも改めさせられた。大物政治家や、芸能人の隠れ家にはぴったりだ、ぐらいの発想しか白夜にはなかったが、たとえば一条家ともなると、使用人が始終キッチンに立ち、リビングはお見舞いの挨拶に来た関係者で埋め尽くされる。らしい。伊桜が入院したことは秘匿されているらしく、そういった見舞い客が来ることはなかったが。ノックの音がして、担当看護師が入室する。白夜は脇に退いて、伊桜の血圧測定と検温を見守る。

「一条伊桜さん三十九度七分、血圧百二十五の八十で、脈拍八十です」

結果に、白夜は軽く頷く。

（子供にしては血圧がちょっと高めだけど――六年生でも高いよなあ）

担当看護師と目が合う。

「やだあ。看護師さんに見られながらなんて。緊張しちゃうー」

「あ、ごめんなさい」

「いえいえ、冗談ですよ」

おそらく冗談ではないだろう、と白夜は苦笑いが漏れた。医師やその家族が入院してきたときも緊張するが、看護師の前で看護する方がやりにくいこともある。

「じゃあ、また夕方に――」

看護師が点滴剤の交換処置を終えるのを見て、白夜は声を掛けた。

「足立さん、伊桜様の点滴がちょっと速かったんで、さっき速度下げました。十三時十五分に」

「あっ加藤くん、そういう時は、ちゃんとナースコールで――」

ばたばたばたと、急いで廊下を走る看護師の足音が聞こえてきた。ノックの音がして、ドアが開いたと思ったら「足立さん、すぐ来てくださいっ」と、若いナースが息を切らして呼び出しに来た。

「……ありがとっ。内緒ね！」

「はい。わかっています」にっこりと白夜は頷く。勝手なことをして邪魔になってはいけないが、役に立っている限りは黙認もしてもらえるだろう。……じーっと傍に付いているだけではあまりにヒマすぎた。

「今すぐ行くから、ナナちゃん、あとお願い！」「はい！」担当は、ナナちゃんと呼ばれた看護師と交替。きびきびと後片付けをしている同じ年くらいの彼女を、白夜はぼーっと見つめる。彼女の息はまだ上がっている。特室って、ナースステーションからだいぶ離れていて遠いんだよなあ。

「はあーっ。もう～人手不足なのですっ！　白夜さんを一時的に貸してほしいですっ」

「あー……でも今僕は……」

「そちらのお嬢さんの看護を担当してるんですよね！」

もう噂になっているらしい。当然か。

「うー、でも個人宅の専属看護師のままじゃ、ここで看護に手出しできないじゃないですかあっ。だったら、その子が入院している間だけでも、バイトみたいにここで仕事すればいいんじゃないですか?」

「え、ええーっ、いや、……でも、ここ小児科だし、そんなすぐお役に立てるかどうか」

「白夜さんなら大丈夫に決まってるじゃないですかあっ」

……どんな風に噂になっているのだろう。

「お嬢様と一条家の意向もあるので……」

正直なところ、久々にここの看護師としてぐわーっと働けることを思うと、ウズウズしてくる気持ちがないこともない。病院に預けてしまえば、つきっきりで看護していなくともいいと思い、瑠璃仁の看護を再開しようと若槻ドクターに連絡してみたが、「僕が特別に診ているから大丈夫、いいよいいよ」と断られてしまっていた。たしかにここのところ瑠璃仁の病態は安定している。でも邸の手伝いもなく伊桜に付いているだけでは持て余している感覚がある。注射だけでも、やらせてもらえないかなー……。が、逆に言えば、ここ愛長医大に所属してしまったら、伊桜だけを特別扱いはできなくなる。

ちらりと伊桜を見る。

「はくやはいおのなのっ」

横取りされてなるものかと、若い女のナースをジト目で睨んでいる。

「あらら～、ひとり占めですかあ？」

ナースはからかうようにそう詰め寄るが、

「だっていおのだもん」

大人にも物怖じしないところは、さすが一条家のお嬢様だからなのだろうか。

「うー残念だな～。白夜さん、ほしかったのに……」

「なんか、文句、ある？」

伊桜の仏頂面には、どことなく優越感的な空気もにじみ出ている。なんだかんだ、ほしがられて嬉しそうだ。

（うん。この様子じゃ、駆り出されることは無いだろうな）

と、思っていたのだが。点滴針の交換の時が来た日のことだった。

「はくやじゃないと、やっ！」

「伊桜ちゃん、ごめんねー。白夜さんは、もうここの看護師じゃないから、注射はやっちゃだめなのよ……」

「やだったらやだ！　痛いもんんん！」

「困ったわねー」

伊桜は泣いてぐずって、腕を隠して、白夜を引っ張って離さない。

まだ午前中とはいえ、わがままを言えるほど回復してくれたのはありがたいが、こりゃナースステーションは大渋滞だろう。

「伊桜！　わがまま言ってると、治んねーぞ！」

そう言ってくれるのは椋谷だ。叱られて、伊桜はびえーんと泣きはじめる。伊桜お嬢様に押し負けないのは、この人だけだ。だが、「けど、まあ……俺にはわからんからな。伊桜が、どれくらい嫌なのか、とか……」と、ちょっと反省する様に言い淀んでいる。

（椋谷さんも頑張ってるんだな……。俺も何か、伊桜様の力になれないかな……？）

ぱっと頭に浮かんだのは、注射を代わって打ってあげることだった。でもここでそれなりの医療行為をするには、形だけでも医大に所属しないと問題だろう。伊桜の泣き声が響き渡り、そろそろ強制的に打っちまうか、いや保護者の方に来てもらった方がいいのではないか、いやこんなことで呼び出しては逆にご迷惑か、じゃあ強制的に打っちまうか、といったやりとりが、看護師間で小声で繰り返されている。

「え、と……じゃあ、ですね」

意を決して、白夜は名乗り出る。

「本当に一時的に愛長医大の看護師に、僕が戻るというのはどうでしょう？　短期間の、パートということで……。あ、もちろん、愛長医大と伊桜様がよろしければ、の話ですが……」

するると伊桜はぴたっと泣きやみ、

「いいよっ！　ばいばい！」

明るく可愛らしい笑顔でそう別れを告げられた。

（あれ……なんかさみしー）

伊桜の意向はそれでいいとしても、看護師のいるここでは言いにくいが、もし一条の二人になにかあればすぐにまた辞めることになる。そんな自分勝手が許されるのだろうか？

「あー白夜、こっちこっち」

椋谷が壁際に手招きし、小声で耳打ちしてきた。

「んじゃ、あとは金の力で何とかするから、おまえは好きにやってきてくれな」

……汚い話だった。

第24話　後輩くんはどこか誇らしげに仕事をしていました。

愛長医科大学病院看護師として久しぶりに復帰した白夜は、走り慣れた道でアクセルを全開にできる爽快感に張り切っていた。自分の思うがままに行動するだけで、物事がうまくいき、周囲の人には感謝される。邸内のような、どこに力を入れればいいのかわからない仕事とは違う。特に小児科では、痛い注射とか、苦しい鼻からの検査なんかを、子供におとなしく乗り切らせるのが大変だ。励ます時間も不要なほどあっけなく終わらせてくれる白夜は、救世主と呼ばれた。

ここでは、かけた労力にきっちり比例した成果が返ってくる。なんてわかりやすい世界なんだろう。

（たまには、いいよなー）

このますべてを忘れて本能に従っていたら、いつの間にか定年を迎えそうだ。

売店に昼飯を買いに行こうとして、廊下の自動販売機の前でばったりと南に出くわした。

「南じゃん！」

「あーっ！　白夜さんっ!?」

声変わり前の少年のような声が上がり、白夜の頭半分下で、花のような笑顔がひょこっと揺れる。

「元気だった？」

「はい！　白夜さんの方も、お元気そうですね」

懐かしい顔に、自然と自分にも笑みが漏れる。

「そうだなー」

自分は元気だ。だが……

「でも、伊桜さ……担当患者さんが、具合悪くなっちゃってさ」

「あらら……それでここへ？」

「ああ。ちょっとの間だけ、小児科で手伝ってるよ」

「そうなんですか」

「南の休憩時間はいつまで？」

　立ち話もなんだし、売店で弁当を買って、南とここで昼食を取るのもありだなと思って訊ねる。少し肌寒いが、医療従事者の休憩室は各科にしかないのだ。しかし、南は困ったように小さくうなる。

「うー。それが、最新の放射線医療機器の導入が急遽決まったとかで、若槻先生が紙カルテ出しの代行してくれる人を探していて」

　面倒な頼まれごとをこなしている真っ最中のようだ。カルテ出し。

「若槻先生は慎重で丁寧な分、準備が毎回大変だよな」

　若槻先生の診察は、待ち時間は長いが丁寧で心を優しく労わるようなやり方だ。患者からの信頼も厚い。

「はい。針間先生には、旧式の紙カルテなんてわざわざ出してやる必要ない、どうせ若槻の自己満足だーなんて言われましたけど……ぼく最近針間先生にずっとついていますから」

　最先端医療を目指す愛長医大病院も、電子カルテ化する以前は紙カルテだった。紙カルテは今は一纏めに、地下カルテ室に保管されている。ほとんど使わないそれは、今は持ち出しには手続きと、それから、膨大な量の中から一冊を探す手間が必要だ。本来は医療事務員の仕事だが、若槻ドクターは予約患者全員分の旧カルテを要求するので、委託業務外にあたると言って断られる。そこで、病院に直接雇われている看護師が代行するのだ。

「すっごい額の寄付金が入って、張り切っちゃって。若槻先生」

「寄付金ね……」

そういう金持ちの世界が本当に存在していることも、白夜は最近知ってしまった。

「今日は針間先生が病棟勤務なので僕も病棟なんですけどね～。小西さんや田中さんの病状が悪くなったら抗不安薬を飲ませなくちゃいけなくて……ちょっと忙しいんだけどな」

「ってか、さっきから気になってたけど、まさかおまえ、ずっと針間先生に付かされているのか？　医師の担当看護師は交替制じゃないのか!?」

「南みたいなポンコツを扱えるのは俺だけだ、とか言って、僕は針間先生固定になっちゃいました……」

なんだってー!?　針間先生こそ南を扱えていないんじゃないのか……？　と言いたくなったものの、たしかに針間先生はだらだら診察したりしない分、南が多少もたついてもなんとかなるのかもしれない。

「にしても、服薬指示は医者の仕事だろ！」

針間先生のことだ、グレーゾーンなら問答無用で任せるだろうが……。

「……南にもできるだろ、って言われたから」

そう言う声は小さかったが――はっきりと、誇らしげに聞こえた。なんだか針間先生についていることをアピールしてくるなと感じていたが、ふと合点がいった。針間先生が仕事を任せるのは、そう、立場も役も関係ない。できるとみた相手にだけだ。

「よし。じゃあその若槻先生の方、俺でいいなら行ってこようか」

「ええっ！　そんな、悪いですぅ〜！」

「いいんだよ」南を行かせてやりたいと思った。「ほら、一覧みせて？」

「は、はい〜。ありがとうございます……」

白夜は南に差し出されたリストに目を通す。ん？

「あれ？　なんか……若槻先生にしては……」

「予約が多いですよね」

「そうだな」

若槻先生の予約患者一覧が、二枚にもわたっている。

「ん？　なんかしかも、見覚えがある患者ばっかりだぞ」

新患者が増加しているわけではないらしい。

「はい。もとは針間先生の患者さんだった人ばっかりです……。逆に針間先生は、固定の予約患者さんが少なくなって、前よりはヒマなんです」

「ヒマ？　患者が離れていったのか？」

「はい、というか、その、うー……」

むしろこれだけ若槻先生に針間先生の患者が移ったのなら、針間先生には自分がいなくても、南だけでなんとかなっているのかもしれない。

「最近、若槻先生が積極的に助けてくれるんです」

「若槻先生が？」

針間先生と仲が悪い、あの若槻先生が？

「はい。患者さんも安心してくれて、それは僕もありがたいんですが、でも……それで、その後みんな、若槻先生の患者になっちゃうんです」

「なんでまたそんなことを……？　これじゃ若槻先生は回らなくてパンクするだろ」

「はい……実際、結局針間先生に回されています……」

「なんだそれ。意味ないじゃないか」

若槻先生は親切だが、時間をかけすぎる。長時間待たせた患者の怒りの矛先が看護師や受付に向けられるのはよくあることだった。そういう時はさすがに代行を買って出てくれる針間先生の存在に助けられる。今の時点でも手が回っていないのに、若槻先生はどうしてそんな手出しをするんだろうか。

「最近、助教授へと推薦されたのも若槻先生です」

「出世か？」

「そうみたいです。若槻先生は教授にも気に入られていますし、今回の高額寄付金が決まったのも、若槻先生が築いた信頼によるものだと評価されて。――数をたくさん診ているのは、圧倒的に針間先生なんですけどね」

そう言って南は、複雑そうに口を閉じた。

「おまえもいろいろ大変だな」

「いえ、そんなことは……」

「しかし針間先生に毎日ついているとなると、お前の精神面が心配だよ」

そう言って白夜は、南の右腕に視線を向ける。

「大丈夫ですよ」

「本当に？」

「はい」

虫も殺せないような優しい笑顔だが、その白い右腕には深い傷跡が刻み込まれている。

「……傷はもう、いいのか？」

白夜の視線に気付いて、左手でそこをさっと隠す南。

「はいっ。ぜんぜんへっちゃらです☆」

「それなら、よかった」

白夜がここを辞めるきっかけになったあの事件。

「ぼく……」

それを思い出しかけた白夜に、南は意外なことを言う。

「こう見えて、ぼく、針間先生に、あ、憧れてる、から……」

「は……本気で言ってるのか？」

南はこくこくと頷く。

「洗脳されたのか……」

「ちっ、ちがいますちがいますっ、ほんとなんです～」

どちらかといえば南なんて、若槻先生に憧れそうなものなのに。

「心優しいばっかりが、医者なのかな？　って、思うんです……」

そう言う南のまなざしは、真剣だった。

「針間先生は、良くも悪くも、常に正しい、です」

いつもおどおどしてよく失敗しているが、それでもときどき白夜は南に、医療従事者としての芯を感じることがある。

「だから、この人に、看護師としていつか、この人に、認められたい！　って、思えてくるんです。いつか、そう、白夜さんみたいに！」

「……俺？」

急に自分に振られて、ぽかんとなる。

「はい！　喧嘩していても、仕事の上で実力を認め合って、信じて頼り合っているお二人の関係。ぼくは——そんな関係に、本当に、心の底から、憧れていたんですっ！　ずっと、ずっと」

そんな風に見られていたとは。

面と向かって、憧れているなんて言われると、……少々照れる。

「ホントかよ」

「はい。この傷に誓って、ほんとうです」

誇らしげに、自分自身の言葉に納得し、満ち足りた表情で、南は胸を張る。

（よせよ）

白夜は、その姿を同じような気持ちで認めてやることなんて到底できなかった。

悔しさと、わからなさと、ほんの少しの迷い。

俺がここを辞めたきっかけは、お前がその傷を負わされたからなのに。

どうしてそんな風に、お前が受け入れるんだよ――。

白夜は無意識に右腕を触る。自分のそこには傷なんてないのに、凍るように痛んだ。

第25話　錯乱した患者が刃物を振り回しています。

✽

白夜が辞職を決意した事件があったその日も、第三診察室は朝から荒れ模様だった。

「話にならねえ！　ばかにしやがって！　てめぇ、覚えとけよ!!」

吠えているのは背中から腕にかけ、とても綺麗なイラストの入った人だった。ちょっと手に負えないと、若槻から針間の診察に回されたのだ。針間は顔色一つ変えずに言う。

「どうぞおだいじに。そのままでは悪化していくだけでしょう」

「悪化したらどうしてくれるんだ!!　ああ?」

「言うこと聞かない患者のことなんて俺が知るかよ」

「オイオイ嫌な患者のことは放っておくってかー?　さっきの先生みたいによぉー?」

「患者に対して好き嫌いなんてありませんね。興味もない。顔も名前もどうでもいいです」

「……帰らせてもらう」

白夜は患者を案内するため、出入り口のカーテンを開ける。針間は手元のメモ用紙に並んだ正の字の横に、新たに棒を一本書き加えた。予約患者の多い今日は最高記録を打ち立てるとか言って、担当看護師を手際のいい白夜に強引に変更した。やっかいそうな患者が回されても、ものともせず捌いてしまうのには恐れ入る。

カーテンを閉めようとしたら、患者と入れ違いに南が診察室に入ってきた。「え、南?」

「あのっ、針間先生、おはなしが――」

「なんだ?」

針間に耳打ちする。

「次の患者さんなんですが、ここまで連れてくるのが、ちょっと……大変だったんです。でも、ご家族が説得して、ご本人も、一度だけなら――って」

「だからなんだ？」

立ちすくむような視線。

「あっ……う……なんでもないです」

「じゃ、余計な時間を使わせるな」

「す、すみません……」

しゅんとうなだれる南。そのやりとりを見て、白夜は、

（こういう時はもっと、「ありがとう」とか、優しい言葉をかけるべきじゃないのか）

針間の心無い返し方に義憤を抱きつつ、前の患者を送りだす。一緒に出ていくと思った南に何か一声をかけてやろうと思い、カーテンを開けたまま待とうとして——驚かされた。

心挫けて診察室から出ていくと思いきや、南は中に留まり見守るようだった。

「おい、邪魔だ出ていけ」

当然のごとく針間は追い出そうとする。

「い、いさせてほしいです……」

「だめだ」

すると南は——命令を無視した。

（え、おいおい……）

「赤重さーん、赤重茂吉さーん」

さらに、担当看護師である白夜も無視して、勝手に呼び込むし。

「はいはいはい！」

中待合の方から大きな返事が聞こえて、患者はすぐに近づいてくる。針間も南の行動に意表を突かれたのか、諦めてデスクトップのまっさらな新患電子カルテ画面に向かった。

その患者の話は、なかなかすさまじかった。

猫に姿を変えられた元・人間たちが、町中で自分を監視している。あいつらは猫だから木にも登れる。今も屋根の上にいるかもしれない。動物として耳もいいから、この会話が聞こえてしまうかもしれない。だからひそひそ声で説明するが、彼ら元・人間の猫たちは、猫にされたのはおれのせいだと恨んで、付け回している。なぜそうとわかったかというと、真実に気づいたのは自分だけだからだ。小さい頃から猫が苦手で、今思えばこのことを直感的に悟っていたっていう論理的な裏付けまである、とのことだった。

「あの！　おれの話、ちゃんと聞いてます!?」

患者はそこまで話して、普通の声量で確認する。カレンダーと壁時計を眺めていた針間は、視線を患者に戻した。

「さすがに声が小さかったですかぃ……？」

少し声を大きくして、もう一度繰り返そうとする患者に、針間は言った。

「聞こえていますし、もう聞くまでもありません」

「は？」

狐につままれたように、ぽかんと聞き返す患者。

「典型的な境界失調症です。即入院してください」

「あ……？　は、ちょっと待ってくださいよ。まだ証拠の動画を見せていない――」

「必要ありませんね」

「ふ、ふざけんなっ。ちゃんと見ろ！」

「いえ、十分です。これ以上は時間の無駄です」

「おいっ、ま、まともに診もしないで、なに言ってやがる!!」

「医者として診た上で言っているんです。まともに診てないなんてのは、素人考えです」

冷静に、淡々と。電子カルテに概要を入力し、入院の要請をする。

「は、ははん……さてはお前も手先なんだな!?　気付きかけている俺を、薬でぼかしてごまかそうとしているんだ。おまえは付け回しているあいつら集団の一員なんだ。猫の味方なんだ！」

「違う。あなたは今、病気によって正常な判断ができなくなっている。投薬治療をします」

「やめろ！　やめろお!!　お前も俺を狙ってるくせに！」

がたん、と患者が椅子から立ち上がる。針間は何も動じず、さらに言い放つ。

「はっ。テメーみてぇな取るにたらねー人物に、医師と患者の枠を超えてまでの興味などまったくないね」

「な、な、なにを〰〰!?　俺の情報を収集しといて……なにしらばっくれてやがる！　その電子カルテにいろいろ書いてただろうが！」

「俺は医師で、あなたが患者なので」

「いや、俺の知ってる猫組織の事情とかだって！　書いただろ！　消せッ！　俺の個人情報！　もう治療は金輪際いらねえ！　だから、頼むからそのデータだけは消してくれよおお！　猫が来ちまうだろ!!」

目の前に敵の親玉がいて、そいつにすべてを話してしまったことに恐れおののいたように、真っ青だ。マウスを操作している針間に向かって、飛んでいくのは——いつかのために患者が懐に忍ばせ、用意しておいたのだろう、抜身の包丁だった。

その場の空気が固まった。

あぶない！

一瞬の間の出来事。

白夜がどうしようか考えを巡らせているうちに、
止まらぬ包丁の切っ先に南が飛び出してきて、無防備に針間のことを庇っていた。

流れていく鮮血。

「あ……あ……」

膝をついて蹲る南。

「南っ……!!」

白夜は無我夢中で南に駆け寄った。血が広がっていく。刺されたのは腕だ。放心状態の患者が、また、じりっと動くのを見て、白夜は飛びかかって押さえ込んだ。手放した包丁を遠くに蹴る。騒動を聞きつけ、たちまち上がる看護師たちの悲鳴。

「患者は僕が押さえています！　北島さん止血やって!!」

とんでもないことになってしまった。

自分の腕の中で患者を押さえこみながら思った。でも幸いなのは、ここが病院で、すぐそばに医者がいるということだ。医者に任せればなんとかなる――。白夜は針間の方を見た。

針間は――無感情な目で視線を外す。

そして、手放しもしなかったマウスを操作し、次の患者のカルテを開いた。

「はい……では、強制入院で。次の人どうぞ」

いつものようにスクロールし、前回までの受診記録をチェックしている。

「え……」

針間先生……あんた、

「なにやってんですか……っ」

見向きもしないで……。

こんな状況で、次の人どうぞだと。

入ってこない次の患者に針間は、焦れたように席を立つ。そして、足元に向かって言う。

「おい南、そんなところに転がっていたら俺の診察の邪魔だ。出ていけ」

「あ……う、腕が……ち、血が……っ」

鮮血に怯える南。それを止血し、包帯を巻く看護師に、

「動脈まではいってねーよ」

と一言だけ。そして、白夜と目が合った。白夜は患者を抱えたまま、叫んだ。

「南が、あなたを庇って刺されたんですよっ。あなただって、殺されていたかもしれないですよ！」

「それがなんだ？」

「なんだ、って……」

「お前も、抱き合ってないで、とっととその患者の入院処理済ませてこい。次が詰まってんだよ」

二の句が継げない。

針間はそのまま診察室を出て、自分で患者を呼び込む。

「三井さんー。どうぞー」

南は看護師に連れられて、処置室に移動した。白夜も、赤重を連行する。騒ぎを聞きつけた若槻先生が心配そうな顔で処置室に駆け込んでいくのが見えた。

白夜はすれちがいざま、針間に言った。

「あなたは人として最低ですね」

「人として最低でかまわねーよ」

「こんなの医者じゃありません」

「医者だっつうの」

✼

広々として無音の地下カルテ室で、嫌な記憶がよみがえった。むかむかする気分を散らすように、南の代わりに若槻医師の患者の紙カルテを一冊一冊探し続ける。

白夜はあることに気が付きふと手を止めた。

(これも……これもだ)

過去に利用した病室欄に「特室」の記号が入っている患者が多い。特室、つまり「特別個室」——程度の差はあれ、入院時に別途費用を払ってでも高い待遇を希望する患者だ。面倒な要求をされることも多いが、病院にとって割がいいので、あまり逃したくない患者でもある。

(丁寧な若槻先生に任せておけば安心、って感じなのかな。ま、偶然かもしれないけど)

第26話　四次元的に考えれば病気は治りますよ。

丸みを帯びた壁に囲まれた中心で、椋谷は掃除機の機械音を響かせたまま、立ち尽くしていた。部屋の主が戻ってこない。伊桜の熱が本当に下がらないのだ。危険な状態だと言われた。

(俺にできるのは、伊桜がいつ帰ってきてもいいように、掃除しておくことだけかな)

そうは思っても、まるで手に付かない。

二、三歩進んでは、手が止まってしまう。

「伊桜が心配？」

「あ……」

掃除機の音にかき消されてか、瑠璃仁が入ってきていたことに気がつかなかった。

「そりゃな……」

スイッチをオフにする。静寂になるが、長時間鼓膜が振動していたせいか、妙な違和感が残る。気付けばあたりはもう薄暗い。瑠璃仁は進み出て電気を点け、椋谷に言った。

「ねえ、伊桜を助けるために、治験に参加してみない？」

「そう。春馬はもう参加してくれている。この薬が完成したら、世界がひっくり返る。夢の薬さ」

俺が？

「治験？」

瑠璃仁は秘密を打ち明けるように言うと、語り出す。

「ゼロ次元上に存在しているとしたら、イメージとしては、魚群を感知するレーダーのようなもの。存在は点で表現されて、ただそこに『いる』とだけしかわからない世界。そうしたら君は伊桜のことを、姿形は知らないけど、『いる』とだけ認めるだろう」

椋谷はさっぱり意図を摑めず、掃除機に腕を持たせかけながら、黙って聞く。

「もしもだよ。伊桜が、死にそうなことが分かったとするじゃない？」

「ああ……」

「でも、魚群レーダーに反応しているだけの伊桜は『点』でしかなくて、なぜ彼女が死にそうなのかがわからないから、助けに行くこともできない。しかも自分だって、『点』でしかない。『点』が『点』のために近づいてみて、一体なにができるんだ？」

「さあな……」

「そこで『点』は、次元を超える薬を受け取るのさ」

「ほー」

「ゼロ次元から、一次元へ。すると、さっきまで点だったものは、長さを持つようになった。小さい魚はほとんど点のまま。逆に大きい魚は、長い線になって表現されるんだ。伊桜は小さいから、伊桜という『線』は君という『線』よりずっと短いだろう。この世には、長さがあることを、君は知った」

「おう」

「でも、それでもまだ、伊桜が死にそうになっている理由がわからない」

「不明熱だからな」

「そう。不明なんだ。だから、さらに次元を上げる薬を、君は飲む」

「はあ」

「すると、今度はどうなると思う？」

「んん……」

そう聞かれて、頭の中で、流し聞いていた話を反復する。

「えーと、点が線になって、線が……？」

「そう、線が？」

「何になるんだ？」

「面さ」

「面か。……つまり？」

何が言いたいんだろうか。

「うん。伊桜の写真を見ることができるようになったのさ」

「そりゃまた……」

「そう。一気に進むのさ。一枚の厚みのないペラペラの物だけど、これはすごい情報だよね。もしかしたら、死にかけている原因だってここでわかっちゃうかもしれない。たとえば、おなかが破れて腸がはみ出している、とかね。写真でだってわかるだろ？」

「わかるけども」

「でも、写真で確認しただけじゃ、治すことはできない。自分も同じ写真の存在じゃ、針と糸を手に持って縫い合わせることだってできないからね。概念が足りなさすぎる。それじゃどうするかわかるかい？」

「次元を上げる薬を、また飲むんだろ」

「その通り！　大正解だよ」

「はあ……」

適当な相槌も意に介さず、瑠璃仁はさらに問いかけてくる。

「するとどうなるか、わかる？」

「今と同じ……感じになる」

「そう。肉体を持っている今この世界。この世界が三次元って言うのはそういうこと。これで、君は伊桜を三次元的に認識したことで、外科的手術を行うことができ、伊桜は無事、助かりましたとさ。チャンチャン」

「よかったな」

これで話は終わりだろうか。

「でも、ここで少し、巻き戻すよ？」

「ん」

「二次元――つまり伊桜の写真を見た時、パッと見でどこにも異常がなかったとするだろう。でも、伊桜は相変わらず死にかけの状態であるということだけは確かで。君はとりあえず、三次元の認識機能を手に入れる薬を飲むんだ」

「ああ」

「そうしたら立体的なアプローチが可能になり、伊桜の身体を触診する。聴診器で音を聞いて、トントンしたり、口の中を見たり。ここで、扁桃腺が腫れていて『風邪だ』とわかることもあるだろう」

「まあ……あるかもな」

「そう。そのはずなんだ。普通はね。でも彼女には、どうだい？　なにか原因は、見つかった？　今、死にそうになっているけれど」

「……」

「じゃあ、君はどうする？　原因がわからない、さあどうする？　今の話を聞いて、どうすると思う？」

椋谷は予測して言った。

「今より――三次元よりもさらに、次元を上げる薬か。四次元か？」

「その通り」

「そしたら、ここ以上の概念を持って、伊桜を見ることができるんだろ」

「大正解～」

「はは。ま、そんなのがあったらの話だな」

空想話に楽しく付き合っていられるほど、精神的に余裕があるわけではなかった。

そろそろ、掃除を再開させてもらってもいいだろうか。

「あるよ」

瑠璃仁は、秘密を打ち明けるように囁く。

「なぜなら、薬がついに形になったからだ。治験に協力してくれる人を探している」

「……」

そういえば、最初に言っていた。

「一本、脇道にそれるための薬さ。九十度脇道へ飛び出すんだ。x軸、y軸、z軸に——さらにもうひとつ九十度の角度で交わる四次元軸の世界の方へ。次元を超える。ぽーん、って！」

世界を変える、開発中の薬があるって。

「そのために普通を、ねじ曲げるんだよ。精神の」

第27話　使用人くんは実験台になることを了承しました。

　さっき飲んだものは、見た目は普通のカプセル剤だった。

　まだ試作段階なのだろう。薬剤を保護していたプラスチックとアルミ箔の包装シートの切れ端には、なんの印字もされていなかった。無地の状態のものを椋谷ははじめて見た。

（えっと……、明日の朝に一錠、また飲むことになるんだっけ）

　毎日一錠ずつ手渡されるらしい。空になった容器は先ほど回収された。

　風邪さえほとんど引かない椋谷にとって、薬は飲み慣れないものだった。口の中に入れたところと、飲みこむ瞬間まで、白衣の人間にまじまじと念入りに確認されたせいで、舌に変な味が残ったのが苦痛だった。薬剤師に、なんらかの副作用は覚悟するように言われた。特に下痢と嘔吐は仕方がないものらしい。それ以外のものは、まだ判っていないから、あればすぐに教えてほしいということだ。

　ここは、白いサイコロの中みたいだ。天井からのライトと、斜め上部から光が差し込む。その向こう側が、研究室になっているらしい。そこからときどき、白衣を羽織った瑠璃仁が顔を出す。こちらから見上げても、天井しか見えない。椋谷はベッドの上に座って、辺りを見回す。枕元にビニール袋のかかった容器、それから汲み取り式の洋式トイレがむき出しにあるだけだ。後は何もない。着せられているのも、指定の真っ白な患者服だ。際立つ清潔さを除けば、刑務所の独房と何も変わらない。

前触れなく、アナウンスの音声が響いた。

――「一条椋谷さん、ご気分はどうですか？」

見上げると、光を放つ窓際に瑠璃仁の影があった。機材から生えた細いマイク越しに、やや形式ばった口調でこちらに質問を投げかけている。

「あ、えーと」

自分はどれくらいの声量で答えればいいのだろう、と思っていると、

――「普通に話していただければ、部屋に設置してあるマイクが拾います」

とのことだった。

「そうだな。まだ、特に、何も」

薬はほんの十分前に飲んだばかりだ。

「ん……でも」

意識したからだろうか。急に、二日酔いのような、くらくらする感覚が襲ってきた。視界がくらむ。

――「どうしました？」

問いかけにも、言葉が浮かばなくなる。リノリウムの床に反射した光を見つめて、動け

ない。

「ああ……。吐きそうだ」

胃の中がぐるぐると渦を巻いているのを感じる。これが副作用なのか。

――「できるだけ吐かないようにしてください。お薬が出てしまいますから」

その場合は吐き気止め薬を追加すると瑠璃仁が説明する。座薬だとさ。

――「吐くなら、そのガーグルベースの中にお願いします。後で係員が回収します」

ガーグル……はあ？　酩酊する意識の中で、枕の横の豆型の容器を引き寄せる。透明のビニール袋がかぶせてある。病院や保健室なんかでよく見る、吐くときに受け皿として使うやつだ。これのことだろうか。ん、手に持っただけで吐き気が前向きに増したような気がする。あ……。一瞬の恐怖感と共に、喉奥を異物感の塊がせりあがってきた。胃液と溶けかけの固形物――鼻から口から、ツーンとする最悪な匂いと味が容赦なく吐き出される。オロロロロ、とやっていると、その匂いと感触と喉奥の粘膜刺激に第二波が誘発されて、また繰り返す。この日々がどれくらいの間繰り返されるのかも不明なまま、ただ耐えるために目を閉じた。

第28話　優しいってどういうことなのかなんだかわからなくなってきました。

愛長医大に伊桜が入院してから、もう半月が経過する。具合が悪くなっていく伊桜に、白夜も今では暇を持て余すほどではない。

（こんなことを、望んだわけじゃないけれど……）

そういえば最近、ここで椋谷を見かけない。交替で邸に帰って仕事したりしていたが、看護は自分が、邸の仕事は椋谷の方が専門だ。とはいえ、今の伊桜の状態をわかっていて放置するなんて、何かあったのだろうか。

薬が効いたか、伊桜は今はよく眠っていた。今のうちにできることをやっておこうと白夜は思案する。ポカリは冷蔵庫にまだあるから買い出しの必要はない。服も、さっき熱がぐっと上がって発汗がひどかった時に着替えさせたばかりだ。洗濯は、病院のコインランドリーで自分がやるより、一条邸の専門者に渡してやってもらう方が効率いい。伊桜の熱は少し落ち着いてきたが、それでも三十九度はある。氷枕を確かめると、中の氷はもうほとんど溶けているようだった。取り替えるか。頭を優しく持ち上げて、枕を引き抜く。幸い、それくらいでは起きなかった。よし、ナースステーションまで軽く歩こう。

「あ、加藤くん！」

伊桜の病室を後にして廊下を歩いていると、エレベーターの前で呼び止められた。見れば、白衣の男性が笑顔で手を挙げる。

「若槻先生」

白夜は足を止めた。若槻ドクターだ。

「お久しぶり。いや、ちょくちょく見かけてたんだけどね」

「そうだったんですか」

「うん。僕の患者、特室の人多いし」

カルテ出しを代行したときにそのことには気付いていた。やっぱりなと思う。

「それは……遠くて、大変ですね」

最上階の特室だけは、金額に応じて各科さまざまな患者が集められている。

「まあねー。いや、運動になるからいいけど」

若槻は苦笑いにも華がある。掻きあげた髪の無造作にみえるうねりは、パーマだろう。忙しい中でも身だしなみに気を遣っているのがわかる。とりわけ女性からの人気が高いのも頷ける。

「ＶＩＰってちょっと、緊張しちゃうのがシンドイよね」

「緊張？」白夜は聞き返す。

「だって、ワガママな患者が多いだろう？　その要求に応えないと、医者一族でもない根無し草の俺みたいな医者なんて、ちょっとしたコネとか圧力ですぐどっかに飛ばされる」

「そうなんですか……?」

そういう世界もあるのか。でもそれならどうして、そんなにたくさん抱えているのだろう。良い面もやっぱあるのかな。そういえば、若槻先生が助教授に推薦されたって南が言っていたっけ。

「あの、聞きたいことがあるのですが」

「どうぞ?」

「一条瑠璃仁様は、重度の境界失調症、ですよね?」

「んー……」すると若槻先生は、渋い顔になって歯切れ悪く言う。「まあ、ねえ……」

「見たところ連合弛緩もあるし、幻聴も妄想もけっこう酷いものでした」

「正直、重度といえば重度だね」

「症状への投薬はされていないようですが」

「ご本人とご家族の同意がね、なかなか得られなくてね」

若槻はそう言って悩むように眉間にしわを寄せる。

「瑠璃仁様は、今ある思考力はもちろん、妄想や幻覚の症状さえも、全部自分の研究に必要なものなんだって言って治療を望んでいないし、お母様はお母様で、そもそも自分の息子は精神病ではない、って思考回路でさ」

病気じゃないんだから治療なんて必要ない。幻聴? 普通の人だって疲れやストレスで空耳が聴こえることはあるんでしょう。妄想？　年頃の少年が夢を追いかけているだけです。羽をもがないでやってくださいまし——ってね。若槻は愚痴を言うようにぼやいた。

「俺もねー、いやあなたの息子さんは完全に病気です、治療の必要バリバリありますよ、ってはっきり言えたらどんなに楽かって思うんだよー。彼の妄想症状は結構危険な領域まで来てる。俺だってさ、あんな状態の患者、さっさと治療したいよ」

「言わないんですか？」

「知りたくないって顔に大きく書いてあるからね」

若槻先生はそう言って、あっけにとられている白夜に続けた。

「自分が医者だからと言って患者様のご意思やご家族のお気持ちを無視して、なんでもかんでも現実を突きつける……って、それは医者の思い上がりなんじゃないかなって俺は思うんだ。医者は病気を治すことしかしてあげられない。健康であっても、病気と共にでも、生きていくのは彼らたち自身なんだ。現状、彼の行動の全責任は、一条の方がちゃんと取ってくださっている。瑠璃仁様の妄想を満足させるために、研究施設をまるごと買い与えているんだよ？　そりゃ妄想なんだから、成果なんか上がるわけがない。でも、何年続けても、一生妄想して過ごしたって、ご子息が食いっぱぐれることだけは決してないんだから。俺なんて一人の医者でしかない。本人や家族の意に沿わぬことをやった結果の責任を、どこまで取れるかわからない。病気の事実はどうあれ、彼らは今のままで満足している。それが何より大切なことだとは思わないか？」

「――あ、はい……は……え？」

去っていく若槻を見送りながら、白夜はわけがわからなくなるのを感じた。思わないか？　思う……いや、思わ……ない……？　いや、大切だとは思う。自分に足りていないのはそこだと思う。でも、それだけが大切だと言われると、違う気がする。

「患者も人間だ」と春馬に言われて、目が覚めたことを思い出した。病気別のベルトコンベアに載せられた病人として一括りにして、仕事しようとしていた自分に気付かされて。あのとき自分は、瑠璃仁の悪意に踊らされ、恐怖して、尻尾を巻いて逃げた。それを、患者の悪意に傷つくのは、人と人とが触れ合ったからだと言い換えられて、救われたと思った。ああそうか、そんな風に向き合えていたのか自分は、と誇らしく感じた。患者も人間、看護師も人間。そうだ。俺はその意識が足りないんだ。って。

だけど――。

氷水を取り替え、伊桜の病室に戻る。最近、ずっと伊桜につきっきりだった。瑠璃仁は……そういえば、どうしているだろう。若槻先生の話を聞いて、急に瑠璃仁のことで頭がいっぱいになってきた。やはり治療が必要なレベルで重症だったこと。そして、若槻先生の言った言葉。医者は、治療することしかできない。病気と共に生きていくのは、彼ら自身。

俺の目指していたもの――人が人を癒すこと。それを意識して、何より大切――に、思おうとしていた。意図的にちゃんとそう思わないと、俺は勝手に傾いていくから――。

じゃあ俺は、俺の無意識は、じゃあいつも一体どこへ行こうとしているんだろう？　意識していないと、俺は何に向かってしまうのか？　俺が、自分の本意ではないにせよ、役に立ててきたことって——なんだ？

さっきの違和感の正体が分かった。

患者も人間、看護師も人間——

じゃあ、医者も人間……なのか？

伊桜の病室の扉を開けると——そこには見慣れぬ人物が待ち構えるようにしていた。

「あ、勝己様!?」

白夜が入室すると、勝己は立ち上がる。

今日も仕事のはずだが、どうしたというのだろう。電話をくれれば自分が出向いたのに。

勝己は鬼気迫る形相で、白夜を部屋の外に連れ出す。

「どっ、どうしましたか？」

「白夜くん！　家にすぐ戻って！　送るから！」

邸で何かあったらしい。

「瑠璃仁が、いま、大変なんだ」

「え？」

「みんないなくなった」

そういえば最近椋谷も見ないが、勝己がいつも連れて歩いている暁の姿もない。

「瑠璃仁が連れていった」

「どこに……ですか？」

「研究施設にだよ！　なんか、この世の真理を見つけたとか言って、自分で作った薬を使用人達に飲ませてるみたいなんだ……！」

「えええっ!?」

降って湧いた不安が、危機として急速に現実味を帯びていく。

「白夜くん、お願いだ……俺……どうしていいのかわからない……一緒に来て」

勝己の狼狽の様子からいって、何かとんでもないことが起きているような気がした。

「じゃ、じゃあ早く、若槻先生に連絡を！」

「いや……無意味だよ。あの先生は、瑠璃仁が今やってることなんて昔から知ってる……知ってて何もしないんだ。むしろ……協力しているくらい。瑠璃仁がそう望むから」

第29話　壁に頭をぶつけたり、ずっと怯えていたり、感情が鈍麻していたり……

寝入っている伊桜の看護を担当ナースに任せ、白夜が勝己と共に車で駆けつけた先は、瑠璃仁の研究施設だった。前に瑠璃仁に付いて白夜も何度か来たことがある。ここに、春馬も椋谷も、そして暁も最近連れてこられているらしい。受付に関係者であることを告げ、中へと入れてもらう。真っ白の壁、机、椅子、何台ものコンピュータに顕微鏡。特殊な装置の付いた白い戸棚の保安庫に、用途不明なメカニカルな白い機械がズラリ。医大にいる頃に一度だけ立ち入った臨床研究室の中に似ていた。

「やあ。来たんだね」

白衣を羽織り、数人の科学者を従えた瑠璃仁が振り返る。白夜が彼の傍まで近寄ると、横長に開いた窓の下に異常な光景が広がっていることに気がついた。

椋谷が何度も壁に頭を打ち付けていた。何かに怯えたように。

「消えろ、消えろ、消えろ、消えろ……」

スピーカーからのノイズのようなものだと思っていたものは、マイクが拾った椋谷の言葉だった。額が切れて流血し、四方の壁に点々と赤い跡を残している。

壁で仕切られたその隣で、誰かが派手に転倒するのが見えた。白夜は目を向ける。黒い髪、華奢な体躯――暁だ。凛々しい普段の姿とはかけ離れたようにふらふらと歩行して、同じ勢いで壁に足をかけ、転んでいる。

「あ、あれ……歩けません！　誰か！」

また壁を歩こうとして立ち上がり、転んだ。

「椋谷の方がはっきり見えているんだろうね。暁は、まだ、わかっていないんだ」

と、なにやら分析している。もう一つ隣の部屋があり、その中をのぞくと、春馬が頭を抱えて虚ろに下を向いていた。空き部屋かと思うほど、微動だにせず静かに。

白夜は口を挟んだ。

「瑠璃仁様、これは危ないですよ……！　治験の域を超えていますって！」

瑠璃仁は若いがこの創薬会社の持ち主だ。彼の命令でこの実験は中止にできるはずだ。

「すごく危険なのは認めるよ。でも彼らはやると言ったんだ」

「本当に危険です。こんな――」

あれだけ力いっぱい壁に頭をぶつければ、脳震盪を起こしたり障害が残るかもしれないし、転倒だって危険だ。感情が鈍麻したような春馬のことも気になった。いったいどうして、こんなことになっているんだ。

「身体も、精神も、おかしくなっちゃいます！」

「僕みたいに？」

瑠璃仁はにやっと、いたずらっぽく笑う。

「それが、狙いなんですか？」

「まさか。そんなことないよ」

呆れて落胆したように、白夜から目を逸らすと、背を向けて言った。

「僕は、この世の裏コマンドを見つけたんだ」

「裏コマンド……？」

「そう！　神に元々設定されていたコマンドなんだ！　バグなんかじゃなく！」

酔いしれるように、

「いいなあ。あの子たちは、背景の山に登れるんだ。僕はバグっちゃってるから、残念ながらそこまでの到達は無理そうだけど。健康体なら、もうすぐきっと――」

夢見るように。

彼の前、眼下にいるのは、いまだに壁に頭を打ちつけ続ける椋谷、壁を歩こうとして転倒を繰り返す暁、そして物言わぬ春馬。

――現実が見えていない。

若槻先生……。こんなこと……さすがに、これは、許していいことなんでしょうか。

「……瑠璃仁様、あなたは、境界失調症が悪化していると僕は思います」

「僕の妄想だって言いたいの？」

「そうです！　あ、いや、僕は看護師ですから何とも言えないですが――でもっ」

針間先生がここにいてくれたら、こんなことになる前にとっくの昔に診断していただろう。「それはお前の妄想だ」と。そして即時入院を勧めていただろう。

「若槻先生が診てくれているから大丈夫ですよ。そろそろ、実験に集中したいんだ。出ていってくれるかな？」

「あっ――」

白夜は二人の警備員に担がれ、研究室をつまみ出された。

第30話　家族がバラバラになってしまう前に、長男くんは言いました。

邸に戻り勝己の部屋で、白夜は改めて事の顚末を聞かせてもらった。

瑠璃仁が研究室にこもりがちになってきたのは、伊桜が入院して間もなくしたころからで、何か、人類の可能性を見つけたと騒いでいたらしい。それと同時に春馬は連れて行かれていて、そして最近は椋谷や暁にも協力を求めていたそうだ。勝己の説明から、三人にはすでに明らかな幻覚が見え始めていることがわかってきた。何もないところを指差して錯乱状態に陥る、恐れおののく、不安になる、感情が無くなるなどの精神異常、奇声を発する、壁を歩こうとする、壁に頭をぶつけるなどの異常行動、嘔吐や下痢はずっと続いていると言うし、体の中も外もボロボロだ。彼らにはまず身体的な手当てが必要だ。

闇の深さに眩暈がしそうだ。

瑠璃仁本人は研究室や最寄りのホテルに泊まり込むことが多かったが、時々は帰宅していた。でも、帰ってきても自分の部屋に直行して白夜の言うことに耳を貸しはしない。白夜が看護に出向いても全て門前払いで断られた。瑠璃仁の権限で、もう関係者以外を中へ入れることは禁じられてしまっている。勝己が同伴しても断られた。どうしてこんなことになるまで気付かなかったんだろうか。患者と精いっぱい真摯に向き合いたいと望んで一条家に来たくせに。専属看護師としてここで頑張るぞと思っていたはずなのに。

(何を、やっていたんだろうな、俺は。本当に)

自分に対する情けなさに落ち込む気持ちはあるが、目下の課題を解決させねばならない。刻一刻を争う。

「瑠璃仁様にはどんな手を使っても、もう入院してもらうべきです。警察を介入させてでも」

白夜はそう提案した。違法行為を告発すれば、研究施設は強制的に業務停止にできるはずである。瑠璃仁も、逮捕後おそらく精神鑑定に回される。責任能力なしと判断されれば、罰せられることはない。

「警察、か。いや、あまり、言いたくないことだけど……往診じゃないとまずいんだ」

「え？」

白夜が見ると勝己は、ばつが悪い様に視線を逸らす。

「一条グループって、本当に大きな会社なんだよ」

「それは……」

「うつ病が精神の病として世間的に広く認知されて、精神科もだいぶ一般的に浸透してはきたけど、——でも、風当たりはまだまだ厳しい。特に、俺の父親世代のような人達なんてね。……通院していない病人の方がよっぽど危険なのにさ。瑠璃仁が精神科にかかっていることは、トップシークレットだ。ましてや……」

逮捕で精神鑑定だなんて、言わずもがな。

若槻医師の言っていたことを思い出す。母親は自分の息子に精神疾患があることを認めたがらないと言っていた。

たしかにセンセーショナルな事件になることは間違いない。瑠璃仁は若いがただの大学生ではない。一条の人間としてすでに会社を与えられ、名ばかりではなく実際に自分が毎日赴いて運営しているのだ。その彼が、精神的な病を抱えたまま、人体実験まがいのことをやっていると知れたら。一条家グループ全体のイメージダウンは避けられない。株価は暴落。マスコミの取り上げ方によっては、瑠璃仁が今後治ったとしても、世間からの偏見は残るかもしれない。でも、白夜は思う。何か起きてしまってからでは、そっちの方が取り返しつかない。死亡事故とか、大事件化して明るみに出てからの方が、一条家にも瑠璃仁にもダメージは大きいだろう。それから医療従事者の立場から言わせてもらえるなら、勝己の言う、「精神科に対する世間の風当たり」は、そういう〝最悪の結果〟から強くなってしまう。

零れ落ちていくような日常を前に、勝己は、小さな声で言う。

「……俺は……甘い人間なんだ。本当、グループを背負うなんて、器じゃない」

今、邸には勝己と白夜しかいない。騒ぎを大きくしないために、矢取家からの使用人達には暇を出した。

「俺は、一条家長男っていうだけの、ただの人間なんだよ。俺、幸せ者でさ。ここまで育ててくれた家族や、手伝ってくれる人たちがいて、そんな中で、楽しく過ごしていられることに、感謝しているから、だから、俺の役割なら、って、跡取りになろうと思って頑張っているだけでさ。別に、ここまでの立場を引き受けなくていいなら、絶対わざわざやったりなんてしないと思う」

もともと広い邸。そんな中にいるのが勝己と、白夜の二人だけでは、あまりに大きすぎて、なんだかもう、「家」じゃないみたいだと、思う。

「友達とワイワイやって、恋とかも、して、いつか家庭と、庭付き一戸建てと犬を持つぞーなんて夢見てさ、満員電車に文句言いながら乗って、よくいるサラリーマン。会社の愚痴もこぼすけど、誇りもちゃんと持ってて――そんな暮らしで、結構満足して生きて、死んでいくような、たぶん、本当は、そんな人間なんだよ。そりゃさ、世間のイメージがどうとか、株価が暴落するとか、たしかにそれもマイナスなことってのは、わかる。勉強してきたし、億や兆の単位で、マイナスなことだ。億や兆なんて言ったら、さっきのサラリーマンが、一生かかっても稼げるかどうかの額じゃんね。わかってるけど。でもさ、俺、自慢じゃないけど、そんな額には小さい頃から触れてきたし、俺にとっては、少なくとも、百パーセント取り返しのつかないものではないな、って思うんだ。あ、世間知らずって思って怒らないでね……。春馬も椋谷も暁も、危険なことになってて。瑠璃仁が治っても、もし――たとえば三人に後遺症が残ったり、もっと言えば死んでしまったら、もう二度と戻ってこないのに。俺、そっちのが怖い。人生の中で一番怖いよ」

そう言う勝己は、トップに立つにはおよそ似つかわしくない人懐っこい笑顔をしていた。

「だから、君の思いつく限りの、瑠璃仁やみんなが助かる方法を優先して。あとのことは、俺がなんとかするから。一生かけても。それが家族ってこと、俺の人生ってことだから」

第31話　もっと立体的に物事を見る必要がありそうです。

どうしたら、瑠璃仁様や使用人のみんなを助けることができるのだろう。勝己はどんな方法を使ってもいいと言った。警察の手を借りることさえも。けれども、それよりもっといいやり方はないのか？　もっとちゃんと治療に結び付けられるような――。何か方法はあるはずだ！　考えるんだ。

（若槻先生に話をして――いや、だめだ！　勝己様が言っていたじゃないか、若槻先生はそんなこと昔から知っているって。たぶん、俺が直接言うだけじゃ今の状況は変えられない。ほかの先生に相談した方がいいのだろうか。でも、こんなこと一体誰に……誰に……）


日も落ち、外来診療時間はとっくに終わっている。だが、白夜は愛長医大病院に出向いた。病棟に回ろうとして——勤務表を見ようと精神科外来の方へ足を向けた。

暗い直線廊下の向こうから、よたよた、よたよたと、おぼつかない足取りで小さな人影がこちらに向かっていた。両手に大量の紙カルテを抱えている。

「南……？」

「ふえ……？」

ひょこっと顔をのぞかせる。高い声に明るい髪——やっぱり南だ。すると手に積み上げたカルテの塔はバランスを崩し、ズサーッと滑り倒れるように見事に雪崩れた。

「えーんっ」

南の泣き顔に張りつめていた気持ちが少し抜け、

「大丈夫か？　持ってやるよ」

白夜は小走りに駆け寄ると、一緒にしゃがんで一冊ずつカルテを拾い集める。

「あうっ、あ、すみません」

「いいよ。まだいたのか？　とっくに時間外だろ？」

「カルテ出しが終わらなくて……」

「おいおい。こんな遅くまで？　若槻先生か？　半分貸せ。第五診察室まで運ぶんだよな？」

「いえ、第三診察室です」

「え？　針間先生？」

「はい。予約患者の分じゃありませんが」

　針間先生が頼むとは意外だった。電子カルテに移行になった際、早々に必要箇所のみスキャニングさせられ、そのおかげでそれ以後のカルテ出しを頼まれたことはほとんどない。

「論文資料だそうです」

「へえー。なあ、お前だって、断ることできるんだぞ」

「はい……でも、僕に出来ることって、これくらいしかないですし……」

「けどなあ」

「あ、あとコンビニでパン買ってこいって言われてます」

「それは断れよ！」

　暗い廊下、緑鮮やかな観葉植物が置かれている。患者の心を落ち着かせるとともに、外待合を人の目から隠す役割も持つ。精神科外来独特の雰囲気の中を南と並んで歩いていると、ここで仕事をしている日々に戻ったように錯覚しそうになる。掲示してある各医師の診療日表も、何も変わっていない。

「あれー？」

　中待合に入ると、南が不思議そうに声を上げる。狭い通りは明るい電気が点いていた。

「まだ誰かいるのかな？」

首をかしげながら、南は診察室へと進む。

「あ！」

第三診察室には、机に突っ伏して眠りこけている針間医師がいた。白夜は慌てて、咄嗟にカーテンの裏に引っ込んだ。

「ここ、置いておきますよ〰〰」

「ん……」

針間は南の声に眉間にしわを寄せ、身じろぎする。針間の周囲には難しそうな資料と紙カルテが山積みだ。南はそれらを崩さぬよう、慎重にカルテの束を置こうとして――

「あーっ！」

「んはっ！　今何時だ!?」

突如飛び起きた針間に驚いてまたカルテの雪崩れを起こした。針間は寝ぼけまなこのまま、それをぼーっと見つめた後、我に返る様に腕時計を確認する。凝視したまま動かない彼に、

「よ、夜の七時です……」

控え目に、気遣わしげに南が小さくつぶやくと。

「はあああ!?」

針間の大声に、白夜もカルテを落っことしそうになった。

「夜は学会っつたろうが！」

「で、ですから、ぼくも、あれー？　って」

「もう救急車使って行く！」

「無茶ですよー」

「じゃあドクターヘリ出せ」

「もっと無理です!!」

がっくりとうなだれる針間。どうやら、今日は学会の日だったらしい。それを寝過ごしたようだ。

「だあああもうっ、すっぽかしちまったじゃねえかっ！　くっそ何のために徹夜したと思ってんだよーっ……ああ……俺の論文……」

ワイヤレスマウスを壁に投げつけて蹴って壊して憂さ晴らししている針間に、南はもじもじと近づいて、提案した。

「あっあの、それじゃもし、お時間あれば、僕、これから赤重さんの様子を見に行きたいのですが……針間先生も、どうですか」

カーテンの後ろから二人の会話を立ち聞きしていた白夜は、その意外な名前に驚いた。

「はー？　赤重ぇ～？　誰だっけ」

「猫が怖いっていう境界失調症の患者さんで……その、僕……、刺されました」

「ああ～。いたなあ、そんなやつ」あくびをしながら、針間は頷く。「行きたきゃ勝手に行け。俺は行かん」

「そうですか……すみません、出過ぎたことを」

「さっさと帰って寝る」

そう言って針間が席を立った時、

「相変わらずだな、南」

白夜はカーテンの裏側から進み出て、手に持っていたカルテの束をどんと机に置いた。

「あぁ？」

針間の切れ長の目が、僅かに見開かれる。

「針間先生にそんなこと頼んだって、無駄だぞ」

久々の対面だ。

「おーおー、加藤じゃねーか。おまえはここのナースじゃなくなったんだろうが。何してんだ」

「俺は」続けるべき言葉に、白夜はふと悩む。「……まあ、担当患者の資料を探しに……？」

歯切れ悪くごまかすと、針間はにやっと笑った。

「ほー。んで、何か探せたのか？」

「いえ……それは」

「じゃ、お前も帰って寝たらどうなんだ」

針間は切り捨てるように嗤う。

「だ、誰かさんみたいに、寝られたらいいんですけどね！　あいにく、俺はいま大変なんです」

憎まれ口に、どうせまた言い返してくるだろうと思っていたら、一呼吸間があった。

「……ははーん、おまえ、若槻の患者診てんだってな」

内心どきっとした。

「……そうですが」

針間が、ふと酔いから覚めたように声を漏らす。「あーご愁傷様。ロクでもない診断されてんだろ」誇張も敵意もなくただ静かに言う、その様子を、白夜は黙って見ていた。そして、針間は白夜の存在を思い出したように付け加える。「はっ。馬鹿な奴ら、当然の報いだな。くたばれくたばれ」

「ちょ、ちょっと……」白夜は、反射的に言う。「よくそんなこと、言えますね」

「違うのかよ？」

「……いえ、その」

言葉が、続かなかった。

若槻先生は――針間先生が毛嫌いしていた若槻先生は――。心の中に、気付きたくなかったという気持ちが充満する。

「ロクでもない診断、じゃない……ことも、ないです……が……」

尊敬していた若槻先生の人臭さ、針間先生の言っていた悪口の意味を、わかってしまいそうな自分が、嫌だった。

「んで担当看護師はこんなところほっつき歩いてるし」

「……」白夜は目を背けるも、針間が自分を見ているのが分かった。

「まーな！　そーだよなー！　わかるわかる。若槻はなーぁ！　あいつは頭がパァーなところがあるからな！　昔っからそうなんだよな。技術が足りないのを小手先でごまかしやがって。患者は患者でどいつもこいつもほんっと馬鹿だから、若槻のそーゆーところがわかんねーんだよなあ〰〰〰!!」

「い、言い過ぎ！　そこまでは言い過ぎです！」

「言い過ぎか？　効率悪すぎだし馬鹿すぎなんだよ」

言い過ぎだろう!!　若槻先生は、たしかに全面的に正しいわけじゃないのかもしれない。でも、確かに自分が憧れたところもあったのに。初めて精神科という場所に来た患者が不安そうにしているとすぐに気づいて、優しい笑顔で和ませていたり、患者の話をよく聞いて、それは辛いですね、って理解ある言葉をかけてあげていたり——。

白夜が何も言わないうちから、針間が重ねて言う。

「あんなの媚び売ってるだけじゃねーか!!　なーにが、お辛い中よく症状を詳しく話して聞かせてくださいました、だ！　時間取りすぎなんだよいっつもいっつも！　だから俺がケツ拭いてやってんだよ！」

針間の性格のうち、わかりあえないと思っていた部分。

「針間先生、あなたは効率よく捌くのは上手でも、人の心がないんですね！　人の心の痛みを理解できない医者ですよ！」

「けっ。心なんてどうでもいいね。理解できるかそんなもん」

「精神科医でしょう!!」

「精神科医は読心術師じゃねえ。それと同時に言っておくが、サービス精神旺盛なコンシェルジュのごとく患者を気分よくさせてもてなすのが、精神科医の仕事なわけでもねえからな」

「それも、若槻先生のことですか？」

　ほとんど反射的に聞いた。

「さーな？　そーやって医者を信頼できない奴は勝手な行動して勝手に死にやがれ。言うがまま欲しいままに薬くれる医者という名の仕事人間に緩やかに殺してもらいな」

「……っ」

　今の一条家の状況が分かっているかのような針間の言葉に、白夜は一瞬ひるむ。

「でも、医者のことを信じられるかどうかは、医者の言動から判断するしかないじゃないですか！　先生が耳を貸さない妄想も、本人にとっては切迫した現実なんです。それを無視されて、どうして先生に付いていこうと思うんです？　現に、針間先生の診察を受けに来る患者は減っているんでしょう!?　せっかく精神科まで来させても、先生の心無い態度や言葉に傷ついて去っていっています。針間先生のやり方が正しいとは思えません」

「そんなやつは勝手に死ねよって思うね」

なんてことを言うんだ。

「じゃあ、患者なんていなくなって、先生だって仕事なくなって、死にますよ？」

「俺か？　そうだな肉体的にはな。世間がそれを望むんならそうなるわな。だがそれでも、ここを曲げない限り俺は医者として死ぬわけじゃない。だったらそれでいいね。心中してやるよ。おお、なんか精神科医の美学っぽいじゃやねーか」

「針間先生、あなたは――」

「人として間違っていたって構わねえよ」

そう言い放つ針間には、後ろめたさといったものの欠片も感じない。

「……医者としても間違っていますよ」

「いやそれは違うな」

針間は言い切る。

「俺は医者だ」

口ぶりには迷いがない。むしろ、揺るがぬ信念を感じた。

「患者は患者だ。納得したとか、してないとか、くだらねえんだよ。医学だぞ。医学部受かって医学学んで、卒業して医者として覚悟決めたやつが、毎日毎日一生学び続けている経験と知識の中から導き出したのが「診断」だ。それを家に帰ってインターネットで調べたからって、トーシロがドヤ顔で否定できることの方が驚きじゃねえか。それからな、たとえば外科医が、血がいっぱい出たら痛そうだから、手術しませんとか言わねーだろ。ひどい有様なのは病気だからなんだよ。人として、こわーい、いたそーなんて、言ってるヒマなんかねーんだ。俺の仕事は、心を無にしてでも、それを、切った張ったして、治してやることだ。やさしく撫でまわし、長引かせて悪化させることじゃねーーーんだよ。人として最低？　人なんてあまっちょろいままじゃ、人体掻っ捌いて臓器抜き出すなんてことできねえよ!!　そーだよ鬼の所業だ！　無限に湧き出てくる病人共を治すには、こっちは人でいちゃ足りねーんだよ！」

針間は一気にそうまくしたてた。

「先生……」

沈黙。

治すには、人でいたら足りない。

世間がそれを望むなら、医者として心中する——……。

普段は言葉足らずな彼の叫びは、残響する様に響いて聞こえた。反論は出てこなかった。薄々どこか感じていた、この人を嫌っても嫌いきれない感情。それがなぜなのかは、今までずっとわからなかったけれど。

突き破るように、どーんという地響き。

「え？」

目の前の針間が、倒れていた。

「せ、先生！　針間先生!?」

いや、これは……すぅすぅと、安らかな寝息。

「……寝てるだけだ」

南と二人がかりで担いで、空いているベッドに針間を寝かせた。本人の代わりに、後片付けを始める。

「本当に眠気が限界だったんですね……。よく考えたら、昨日は徹夜で論文を書きあげたと言ってましたけど、先生はおとといも当直だったのに、今日の外来診療は休まずにやって、その後に学会にも出席しようなんて、むちゃくちゃです」

南は、押し黙ったままの白夜に気付かないような口調で、独りごとのように続けた。

「針間先生が、定時に帰ろうとするのは、その後に……必須ではない学会にも出たり、論文読んだり書いたり、勉強したいからなんだと思います。そして、重症でない患者さんや、典型的で診断しやすい患者さんを時間かけずに診るのは、限られた時間内に一人でも多くの患者さんを救いたいから……そして診断が難しい患者さんに時間を回したいから、だと思います。勤務医である針間先生は、時間内に患者をどれだけたくさん診ても、自分の報酬が増えることはありません。でもそんなことは気にしていませんし」

そして南は、コンビニ袋に入ったままのパンとコーヒーを、針間の枕元に置く。

「ドクターヘリを申請することはできませんが、パン買ってくるとか、ぼくにもできるような先生のワガママや無茶ぶりは、できる限り聞いてあげたくなっちゃって」

僅かな安寧のベッドの上、

「ぼくとは比べ物にならないくらい、針間先生は無茶しすぎです」

南の言葉を聞きながら、白夜は横たわる針間医師の顔を見つめた。その寝顔は、仕事中には絶対に見せないような穏やかな表情だった。

第32話　ようやく両輪が動き出します。

翌日、白夜は愛長医科大学病院の精神科外来外待合で、出来たてほやほやの、傷一つない診察券を何度も眺めていた。白夜は、今まで医大にかかるなんてこともなく、診察券も持っていなかった。

だからわざわざ——作った。とある医師の貴重な時間を頂戴するために。

待てども全然呼ばれない。最後の患者が帰っていく。白夜が何度考えても、やっぱりたどり着く答えはこれしかなかった。瑠璃仁を、一条家を、助け出すには。

診察券を作って、あの先生に、予約を入れるくらいしか……。

ばん！　とけたたましい音を立てて診察室のドアが全開に開いて、荒っぽい勢いで闊歩するのは——その場の空気が絶対零度に凍りつく。勢いよく翻る白衣、長めの髪を逆立て、触れるだけで自在に皮膚を切り開く切れ味のいいメスのような視線は、真っ直ぐ白夜に向けられていた。針間先生直々のお出ましだった。

「ほー……。何しにきやがった？」針間は、白夜の手にある真新しい診察券をこれみよがしに見る。「俺の診察予約なんかして？」

全開のドアの方を親指で指さし、「とっとと入れよ」くるっと踵を返して、針間は先に診察室へ。

（……行くぞ）

白夜が立ち上がると、針間の背丈に隠れるようにしていたらしい南が「あ、あ、か、加藤……さ……加藤白夜さん、どうぞ～……」蚊の鳴くような声で呼んでくれた。

診察室に入り、白夜は空いた患者椅子を前に、所在なく立つ。針間はどっかりと椅子に腰かけ、真っさらな新患電子カルテの眩しいディスプレイ光を横顔に反射させ、肘を突いたまま、目だけはこちらを見上げていた。

「……っ」

どう、切り出せばいいのか、白夜が悩んでいると、針間はおもむろに、加藤白夜のカルテ画面を閉じた。患者ＩＤ入力の位置にカーソルを動かし、そこで手を止める。

「針間先生、あの……っ」

「お～？」

聞き返す針間の指は、もう一ケタ目の数字を入力している。でも、それ以上は入力してくれない。「なんだ?」

白夜が言うのをじっと待っている針間に、白夜はふてくされた気持ちになりながらも——。言うしかないと覚悟を決めていた、頼みを口にする。

「……先生の……力が……必要なんです。どうしても——」

瑠璃仁や、一条家のみんなの顔が浮かんでは消える。白夜は、しぼりだすように言った。「針間先生は、血も涙もない人ですけど……医者として間違ったことは……言わない。いつも正しかっ……た、です……」

針間は静かに、聞いている。

「ぜ、全部……針間先生の対応全部が、正しいとはっ、思いませんけど……っ」

眉がピクリと動いたが、針間は口を挟まずに聞き続ける。

「でも、でも……やっぱり今は、針間先生のその正しさが、ほしいです……っ!」

白夜は頭を下げた。

「今までのことは、…………全部じゃないけど…………謝ります。申し訳ありませんでした! あのっ、瑠璃仁様を、針間先生が、診てもらえませんか……!」

沈黙が痛い。でも、白夜は待つしかない。下げた頭の向こうで、ギイ……っと椅子の回る音が聞こえる。

「……ったく、全部じゃないとか……ところどころ引っかかるが……」

「そ……それは仕方ないでしょ!」白夜は顔を上げかける。

「あっ、このやろ！　んなこと言ってると、診てやんねーからな！」

「むむむ……」渋々頭を下げ直す。

「……ま、俺様の手腕にようやく気付いたってことは、褒めてやらぁ」

　そうして、キーボードで入力する音が聞こえた。ＩＤ番号の残りの七ケタ分。白夜が顔を上げると、一条瑠璃仁の電子カルテ画面を、針間が開いて読んでいる。

「――行くぞ。早くしろ」

　即座に立ち上がる針間にきょとんとする。

「一条瑠璃仁のところだろうが!!　クソ無能のろま媚売り若槻の担当なっ！　ったく」

「はい……！」

「あ、電子カルテの印刷、終わりましたよ、針間先生」

　南まで、自分のカバンを用意して背負っていた。そういえば、自分の後にはもう患者もいない。

（往診……してくれるのか？）

　白夜が連れていかれた先は、救命救急センター非常出入り口。白と赤に塗られた救急車が、いつでも出発できるような状態で待機していた。

「救急車!?」

「構うかよ。非常事態だ」

　白夜は針間に続き、飛び乗った。

「おまえのとこ、相当ヤバいことになってんだからな。こじらせ野郎を暴走させすぎだ。患者は今どこにいる？」

「えっと……瑠璃仁様は、今はお邸の方にいらっしゃいます」

電話で勝己に来訪予告をすると、それはそれは驚いていた。でも、瑠璃仁は研究所へ実験に出かける間際らしい。とにかく止めなくては。

「住所は？」

「僕が案内します」

そう言って白夜は腰を浮かせる。運転席に身を乗り出すと、

「あ……白夜さん、どこかにぶつけました？　かさぶたかな？　血が出てる」

南に言われて白夜が見ると、肘の辺りから出血していた。なんだか気持ちもいっぱいいっぱいだったし、こんなかすり傷なんて自分では全然気が付かなかった。

「いてっ」

「あ、ごめんなさいっ。痛かったですか？」

「ちょっとだけ」

救急車内で南が手当てしてくれるようだ。絆創膏をポケットから出して、ぺたぺた。

(自分でやった方が痛くないな……。あと、救急車に積んであるもの使えばいいのに)

そう思いつつ、人肌に生温かい絆創膏に、南の存在の温かさ懐かしさを感じる。

(……俺のいない間、ずっと針間先生に付かされていたらしいけど)

手つきの不器用さは相変わらずだが。

（それなのに、憧れは憧れのままで……というか、こいつは、もうずっと前から、針間先生のこと、ちゃんとわかっていたんだな）

見慣れた道に入ってきた。砂利道を走り抜けると、視界一面に華やかな別世界が広がる。

「わー！　すっごーい！」

「ほー。でけーな」

二人の驚く声がなんだか新鮮だ。南はもうここへ来た目的すら忘れているのではないかという勢いで感動している。

「すっごい大きいです！　僕こんなお邸、初めて見ました！　わあっ、お庭もお花がいっぱい。かわいい～……」

でも、救急車で邸に乗り込んだところで、なんと言って瑠璃仁を診察すればいいのだろう？　追い返されるに決まっているのではないか……？

乗り込んだ先、どうするか答えの出ないまま、邸の駐車場に到着してしまった。

「じゃ、じゃあ、話をしてきますね……？」

「うまくやんなかったらブッ殺すぞ」

「がんばってくださーいっ」

人のことを言えた義理ではないが、無茶振りにもほどがある。

二人を庭に残し、白夜は単身、邸の中へ。西玄関の扉を開けると、勝己が立って待っていた。

「勝己様！」

「ああ、ありがとう。それで……その、例の先生、が？」

「はい……瑠璃仁様の診察をさせていただきたいそうです」

「恩に着るよ。さっそく、瑠璃仁に話をしよう」

「うまくいきますかね……？」

「うーん……瑠璃仁の考えることなんて、誰にもわからないよ。やってみるしかない」

勝己の後ろに続いて、大階段を駆けあがる。瑠璃仁の部屋は上がってすぐだ。

「瑠璃仁、入るよ！」

問答無用で勝己が開けてくれる。白夜も中に入った。

服を着替えていたのか、瑠璃仁はボタンから手を離し、襟元を正す。

「ああ、兄さん。それに……」

白夜は瑠璃仁と目が合った。瞳の奥、脳の無限の広がりを感じさせるような、吸い込まれるような深い色。瑠璃仁はその目を細めると、窓の外を指差して言う。

「どうやら……緑の救急車が来たみたいです。僕かな？」

白夜は進み出て言った。

「僕が呼びました」

もちろん緑色などしていない。

「医師が来ています。診察を、受けていただけないでしょうか……！　若槻先生以外の……。お願いします。一度だけでも」

瑠璃仁はうーんと唸って、上着を羽織る。

「これから出かけようと思っていたんだけどな。早く行かなくちゃ。今も何か、新しい変化が起きているかも。見逃しちゃうよ」

「お願いします！」

「若槻先生じゃだめなのかい？」

その疑問は当然だ。

「若槻先生は、その……ご、誤診の可能性が……あります」

「ふーん」

すると瑠璃仁は、楽しそうににこにこ笑う。「すごいね。他人の診察に口出し、しかも呼んでもいないのに救急車で乗り込んで……」

「お、おっしゃる通り、ですが……」

今さらながら、自分のやっていることが怖くなる。でも、でも……。

「針間俐久という医師が、若槻先生は誤った診断をしていると言っています」

「へぇえ」瑠璃仁は笑っている。どこか、試すように。「本当だとしたら、大問題だね？」

「そ、そ、そうなんです！　だから参りました！　お願いします！　針間先生の診察を受けてください！　約束します！　針間先生は……瑠璃仁様の病気を、きっと一番良いやり方で治してくれます！　あの人は、そのためなら、鬼にだってなるんです。本当です。医者であるためなら――」

そう、すごく……最低な人。患者の気持ちを考えない。

「あの人は……医者であるためなら人間をやめるような、そんな人なんです！」

でも鬼にならないと、誰かの命なんて救えない。

頭を下げた。

「お願いします。針間先生を信じてください。お願いします……っ」

自分の……父親を思い出した。あの人も、同じようなことを言っていた。俺は父親である前に、医者だ、って。大嫌いで、最低の父親だった。どこか、針間先生にその父親を重ねていたのかもしれない。

「ふーん……」

彼の声に、静かな笑みが混じっているのを白夜は感じた。

「とてもいいお医者様じゃないか」

「……！」

顔を上げる。

「ぜひ僕を診てよ」

柔和な笑顔が、そう言った。

「え、いいんですか?!」

「うん。だってそこまで責任持てる人、なかなかいないんじゃない？　僕もね、そろそろ限界だったんだ」

　そうして、片耳を押さえる。

「薬はね、毒にもなる。正常な思考をマヒさせたくなくて、幻覚に耐えながらも薬に頼らずになんとかやってきたわけだけど……病気は病気だからね。ちゃんとした医者にならそろそろかかりたいと思っていた……。向こうから来てくれるなんて、僕はついてるなあ」

　今も幻聴は続いているのだろうか。その瞳には、何が映っているのだろう。

「若槻先生は、うん……神である僕の言うとおりに動いてくれて、愚者であるままに僕のやることを邪魔しないでくれるのは良いんだけど、僕も病人だからね。医者に治療してほしいところもあるのさ……」

　そう言って困ったように苦笑いしている瑠璃仁が、若槻を医者としてまったく見ていなかったことは、もう明らかだった。

第33話　それぞれの存在理由。

「んじゃ、邪魔するぜ～」

「こっ、こんにちわぁ！」

針間と南が、正面玄関を踏み越えて闊歩する。落ち着いた針間に対して南はきょろきょろと。この二人が一条邸に足を踏み入れることになる日がまさか来るとは……玄関扉を開けて迎え入れた白夜は改めて目の前の光景を不思議な気持ちで眺めた。

針間は足を止めた。南も止まる。

二階の吹き抜けの柵越しに、瑠璃仁がこちらを見下ろしていた。針間はしばらくじっと向き合う。静かな間があった。これから、人一人のアイデンティティに関わることまで奥深く触れる診察を行うのだ。針間の細い身体に、短い時間内に、背負っているものはいつも重い。瑠璃仁に「どうぞ？」と声を掛けられて、再び歩き出す。医務室より、本人の部屋の方がいいと、階段を上がり瑠璃仁の部屋へ。瑠璃仁の部屋のリビングに通し、瑠璃仁も針間もソファに腰かける。その傍らに白夜と南が立つ。針間に質問されて促され、瑠璃仁はいくつか話を始めた。幻聴や幻視などといった自覚症状、怖くて眠れないこと、朝起きにくいこと、現在の日常生活、周囲から問題にされていること、自分の考え、そして、

「僕は四次元方向へ進むことを可能にする薬を作っているんです」

共に暮らす家族や使用人にも事あるごとに話して聞かせるように、
だが。

「僕の考える、四次元の方向への扉はですね――」

「――はい、もう結構」

こちらもまた——いつものタイミングで、針間が遮る。

「はっきり言おう。全部、妄想だ。相当悪化してる」

「……そうですか。ではリスールとジプロファイを処方なさるのですね」

話の腰を折られても、瑠璃仁は涼しい顔をしてそう切り返す。

「ああ。その様子では、これまでずっと飲まなかったんだな。何度も出されてきたのに？」

「答えはハイとイイエ。飲まなかったのはその通りです。違うのは、何度も出されてきたということ」

「処方されなかったのか？」

「ええ。僕が、必要ないのでは？　と申し上げましたので。その通りになりました。医者という名の、なんでしたっけ？　仕事人間？　僕の傀儡、じゃだめですか？」

「！」

「だって、人間界でいうまともな医者なら、最低でもそれ処方しますもんねぇ。それをしないのは、一条を恐れる弱い人間か、僕を信奉する信者か、僕と同じだけ真実が見えている——まあ、言ってしまえば神だけです」

「神だけ、ねえ。よくある誇大妄想だな」

「あなただって、医者であるためなら人間をやめるというのでしょう？　僕と変わらないじゃないですか」

「意識の問題だ」

「では、僕もそういうことで」

「そうはいくか。定められた手続きと許可もなく、人間を実験材料にするのは問題あるだろ」

「ご心配なく。本人の意思は確認済みです」

「そういう問題じゃない。何の開発か知らんが、治験するならちゃんと申請して、審査を通してからにしろ。そもそもアンタ、今は休学しているんだろうが。療養のために」

「学会はダメです。裏組織の息がかかっているのです。僕が実際に境界失調症なのを良いことに、すべてそのせいにして却下するんですよ」

白夜は少し驚いて瑠璃仁の顔を見た。瑠璃仁の口から四次元の話はよく聞いていたが、そんな組織の話は初めて聞いた。

（妄想が大きくなっている……？）

「なんだその裏の組織ってのは。ここに連れてこい」

「それができたら苦労しませんよ。一条の力をもってしても、足を出さないんです」

「じゃあ、ンな組織、いないってことじゃないのか」

「います」

瑠璃仁はきっぱりと断言。

「自分の妄想でないとする根拠はなんだ？」

「僕の力を恐れる組織です。常識を疑うような天才を山ほど見てきましたからね僕は。自分の常識を疑っているんです。それが根拠でしょうか」

「そら世界にはいろんな天才がいるんだろう。でも、だからといって何でもアリにしちまうと、どんな妄想でも成り立つぞ」

「逆に、変わった発想を妄想の一言で片づけられてしまうならば、「境界失調症」と診断された僕には、今後何一つ革新的なことを許されなくなります。当時の常識であった天動説を否定したことで、教会の怒りを買い幽閉されたガリレイも、檻の中でこんな気持ちになったんでしょうか。偉大な発見には、常に激しい批判が付き物なのだと」

「理研でも政府でもいいから、とにかくちゃんとしたところからちゃんとした認可さえ下りれば、俺も文句は言わねえっつの」

「ちゃんとした判定がしてもらえないから困っているんです」

「だあーから、それはお前の研究が間違っているからだろう」

「いいえ、敵対組織の陰謀です」

「あーそりゃテメーの妄想だ」

「一応僕も、一条の人間なので」

「自分には狙われるだけの理由がある、ってか」

「はい」

「アンタに対して犯罪行為を取る裏組織とやらが捕まらないなら、警察やら政府やらを訴えるべきだ。それが手順ってもんだ」

「そんなこと、散々やってきましたよ。僕の境界失調症患者としての重症度を上げるばかりの結果になりましたけどね。若槻先生に出会ってなかったら、今頃は増幅された薬に真実も自分自身も何もかも、溶かされていたでしょうね」

「でも幻聴がきこえてるんだろ」

「聴こえますが？」

「それは境界失調症の典型的な症状だ。他には妄想って症状があってだな。非合理的かつ訂正不能な思いこみのことだ、まさに今のお前だ」

「幻聴がきこえた瞬間から、自分は病気だからと疑うことや考えることを放棄させられ、無防備にならなければいけないんですか？」

「そうじゃねえよ。だが病的なものは治療しないと、おまえも周りも取り返しのつかないことになるだろ。四次元の薬？　この世界を監視？　じゃあ訊くが、もしおまえの間違いだったらどうするんだ？　健康な人間に、自己流に創作した薬を飲ませたりなんかして、取り返しのつかないことになることがわからないか？」

「そうするしか、僕の正しさを証明する方法がないんです」

「ずいぶん危険な賭けだなあ、オイ。これだからお坊ちゃまは。自分のワガママのためなら、使用人に危険が及んでも平気ですってか？　危険どころか無責任だ。実際、事件が起きてもテメーは責任能力なしと診断されるだろう。そうなる前に、こっちは医師の責任と

して止めてんだ」

「……」

針間先生が、患者とこんなに長く会話しているのを見るのは久々だ。

「一条瑠璃仁、あなたは頭の回転が速いし、口も達者だ。でも、自分が病気だという自覚がまだないようだ」

「そんなことはありません。僕は病気です。ちゃんとわかってます」

「じゃーこれ、はい、持ってきてやったぞー」

どん、とテーブルの上に叩きつけたのは薬だ。針間が持参してきたらしい。白夜が以前、副作用を心配した眠剤に対する替えの薬まである。

だが瑠璃仁はそれを見ながら、揺るがぬ声色で言う。

「論拠が揃うまで、治療を拒否します」

「はあ？　だめに決まってんだろ！　病気の自覚があるクセに！」

「あなたの治療を、です。僕の主治医は若槻先生ですよ？　ふふっ」

「あいつは、だめだ!!」

「なぜです？　あなたの仰る、ちゃんとした医学界のちゃんとした医師免許を取得した、ちゃんとした精神科医ですよ？」

「よく言う。……診察なんか一切させていなかったくせに」

「もしもそうだとしたら、まともに診察しないで、患者に言われるがままの薬を出すような人間に医師免許を与えた医学会側の問題でしょう。そちらを訴えたらどうですか？」

「……それは、まあ、そうなんだがな」

瑠璃仁の意趣返しに、針間が黙る。

「あなた方医師も、日本の警察も、腕利きの探偵も——秘密結社にさえ勝てないレベルの無能の集まりなら、その低レベルな現実に合わせた方法で、僕が動くしかないでしょう？」

「おまえは、病気の自分に対する、不安や疑念は、ないのか？」

「そんなもの、とうにわかった上で、僕はやってるんです。邪魔をしないでいただきたい」

「お前のやっていることは、すべて自己欺瞞だ」

「それはあなたもでしょう」

そう言って睨み合う。互いに、一歩も引く気配はない。瑠璃仁は言う。

「一条を恐れず、僕の傀儡にもならない、医者であろうとしている人間に会ったのは初めてです。あなたが自分のことを、人間であることを捨て鬼になった医者だというのなら、最後まで付き合ってもらいます。神になろうとしている僕の治療に。あなたこそ、イデア界の医師としてふさわしい」

「ぐちゃぐちゃうっせー。だったらそれ飲めよ」

「それはできません。本物にせっかく出会えたのに。そんなことをしたら、僕がこの手で、あなたを医者として死なせることになる」

「はあ？」

「僕の言っていることは、妄想じゃなく、真実ですから……」

「はっ。またそれか。そうだな、お前の中ではな」

（ああ……挑発してどうするんだっ。それともこれが針間先生の共感のつもりなのか？）

白夜は二人のやりとりをハラハラして見守る中、なんだか平行線を辿っていることに気が付く。この流れでは、針間先生がもういいやめたと言って帰ってしまう。ここで決裂したら元の木阿弥。白夜はにらみ合ったまま動かなくなってしまった二人の間に進み出た。

「では、瑠璃仁様が証明に失敗したら、針間先生に言われた薬を飲むのはいかがでしょう？」

咄嗟の提案に、

「そうだな……そこまでいうなら、妄想じゃないってことを証明してみせろ」

針間が踏み込むようにして、そう頷く。

「もとよりそのつもり。ご協力願えますか？」

瑠璃仁も乗ってくれた。

「ああ。その人体実験中の連中の様子も見せろ」

「いやだな、治験ですよ……では、ご案内します」

おお……！　なんと、研究施設への入場許可まで付いてきた。これで薬を飲まされている使用人の様子も、針間先生の目に触れられる。

「証明できなかったら、大人しく飲むんだぞ。あと実験もストップだ。若槻からも離れろ。んで入院だ。俺の担当に入れる。言っておくが、俺は勝手は許さねえからな」

「飲みましょう。いいですよ、一週間もあれば、おそらくできます。……じゃあ僕が証明できたら」

「なんでも言うこと聞いてやるぜ」

「楽しみにして、考えておきます」

——不穏な駆け引きまで最後くっついてしまったが、ひとまず一歩前進だ。

第6章　悪夢と現実

第34話　次元を超えるとはこういうことです。

白夜、針間、南、勝己は研究施設の中に入れてもらい、前にも案内された一室に来ていた。特殊な装置が置かれたその実験部屋は、奥の窓の下を覗き込めば、椋谷と暁と春馬がそれぞれ閉じこめられている、白い正方形型の部屋を一望して観察できる。見下ろした針間は、その下の惨状に顔をしかめて言った。「一条家坊ちゃんのおもちゃ箱ってところか」

瑠璃仁は針間の挑発を無視してホワイトボードの脇に立つ。「みなさん、席に座ってください」

針間含め全員が適当な位置に着席した。他の研究員達は儀礼的な挨拶を済ませた後、静かに仕事を続けている。

「この絵を見てください」瑠璃仁が指し示したホワイトボードには、三つの立方体が大きくいっぱいに描かれていた。端にドアも描かれてある。これは今、治験を受けている三人を表した模式図だろうか。

「三つの箱にそれぞれ閉じ込められています」

丁寧にも、椋谷、暁、春馬それぞれを真似た、へたくそなぬいぐるみのマグネットが、立方体の絵の中に置かれている。

「通常、彼らがこの立方体の中から出るためには、このドアの鍵を開けてもらわなければなりません。でもそれ以外に彼らが外に出る方法があります。それはなんでしょう？　はい、そこの男の子」

「あうう、はいっ」

唐突に瑠璃仁に指名されて南がたじろいだ。律儀にも起立する。

「う……。その箱の中から、出る方法……ですか？　うーん……そうだなあ……」

注目を浴び、きょろきょろと辺りを見回しては助けを求めていたが、やがて意を決したように、しかし小さな声で答えた。

「壁をこわす……です」

しーんと静まり返る。痛いような沈黙。

（いや……さすがに、その答えは、どうなんだ……？）

ひねりがなさすぎて、白夜は的確なリアクションも思いつかない。しかし、

「ふむ。とてもいい発想ですね。着席してください」

その空気を打ち壊し、にこっと瑠璃仁は微笑む。南はほっと胸をなでおろし、晴れやかな顔で着席した。

（あれ……そんなことで、いいのか……？）

「たしかに僕は、壁を壊してはいけないとは言っていませんでしたからね。――それでは、

壁を壊さずに外に出る方法はありませんか?」

仕切り直す瑠璃仁に、ああ今のは子供を泣かさないための大人の対応だったのだろうか、と白夜が思ったときだった。

「あるわけねーだろ、バーカ。つーか、なにに付き合わせられんだ?」

針間が頭の後ろで手を組み、背もたれにもたれて言う。

「僕の行っている実験の概要説明ですよ。さ、誰もいないようですので正解を発表します」

瑠璃仁は椋谷のマグネットをぺらっとはがし、立方体の図の外にまたくっつける。

「はい、出ることができました」

意外にも、正解は負けず劣らずつまらないものだった。

「えー、そんなのは反則じゃない?」勝己が声を上げる。白夜も同感だった。これじゃ南よりもさらにひねりがない。

「僕は今、三次元に限るとは定めていませんでしたよ」

瑠璃仁は予定調和の笑顔で説明を加える。次元——白夜はいつか庭で、数学書を片手に持った瑠璃仁に、次元にまつわる不思議な話をしてもらった日のことを思い出した。

「このマグネットはこの立方体の外に出ました。四次元方向から通り抜けて」

「まったく意味不明だな」針間が言う。白夜も理解できたわけではないが、だがおそらく何か意味があるのだろうと予感した。

「そうですか? では次の例ならどうでしょう」

そう言って瑠璃仁はホワイトボードに描いていた立方体の図を消す。椋谷たちのマグネットもはがした。そして新たに貼り付けたのは、下敷きのように薄いカードタイプの四角形のマグネット一枚と、三角形の小さなマグネットだった。三角形の小さい方は、ぺたん、ぺたん、ぺたん、と三枚貼られた。

「この正方形は、縦と横の概念しかない二次元の住民ということにしましょう。我々が高さとか奥行きと呼んでいる方向を知らない二次元人です。この二次元人の気持ちになってみてください。つまりはこんな感じでしょうか」

そう言って瑠璃仁は、ホワイトボードの両脇の留め具を外すと、くるりと裏返すようにして――半分で止める。直立していたボードが卓球台のように、水平に倒された。

「この子は、今は自由に動き回れます」

瑠璃仁は正方形のマグネットを引っ張ってすいすいと動かす。

「しかし、僕がこうして線で囲ってしまったら――」

そう言って、水性マジックのキャップを外すと、正方形の周囲をぐるっと一周、線を描き加えた。

「檻に閉じ込められて、出られなくなってしまう。ちなみに、こうなってしまうと他の二次元住民からは四角形の姿は見えませんよ。僕の描いてしまったこの黒いマジックペンの壁が見えるだけです」

瑠璃仁は視線の高さを、水平のボードに合わせた。ちょうど、正方形の薄っぺらいマグネットを真横から見た状態だ。もし高さの概念がないなら、周囲を線で囲まれただけでも正方形の存在はその中に隠されてしまう。瑠璃仁はスポンジイレーサーで正方形を囲っていたマジック線を消した。横から見た正方形が出てくる。

「この二次元の世界では、密室と言えばこういう線の囲いのことを言いますし、貴重品などはこうして――」瑠璃仁は今度は小さな三角のマグネットをぐるっと線で囲う。「――周囲に塀を作って鍵をかけて保管しているわけです。こうすれば、他人からは見られませんからね」

そう言って瑠璃仁は視線の高さを戻す。

「ですが、これで安心しているのは二次元の住民だけです。三次元の僕たちからすれば、線で囲っただけのこの三角のお金なんて、丸見えですよね。何枚入っていますか？　はい、白夜さん」

「えっ、あ――」突然指名され、白夜は反射的に答える。「……と、三枚です」

「正解です。では前に出てきて、この壁――マジックの線に触らずに、壊さずに、三角マグネットを取り出してください」

「は、はい」なんだか学生時代に戻ったみたいだ。白夜は水平に倒されたホワイトボードの傍まで行って、三角形のマグネットを指先でつまんで、マジックで描いた線＝壁に触れさせずに、外へ出してみせる。

「はい。よくできました。席に戻ってください」

ホワイトボードの面を、床に対して垂直に戻しながら瑠璃仁は続ける。

「僕たちからすれば別に、線を取っ払う必要なんてありませんからね。当然のように〝上〟から、見えるんですから。でも、今の現象、二次元住民からしてみたら、とても不思議だったことでしょう。出られるはずのない壁の中から外へ、通り抜けたように感じたはずです」

白夜は二次元人の気持ちを想像してみた。たしかに、前後左右だけの世界で、上下の概念がない人にとってみたら、線という壁に囲まれることは、それを壊さないと出られないということなのだろう。にもかかわらず、線——壁を壊さずして中のものを外に出せたら、その現象を不思議に思うのかもしれない。

「そこで、最初の問題に戻るわけです。ほら、いいですか。立方体の中に、これは椋谷くんマグネットですね。入っています。これを、壁を壊さずに、外へ出すには？」

立方体の箱の中から、壁を壊さずに外に出るには——。

二次元の場合は、線の壁に囲まれた中から、線の壁を壊さずに外に出る方法があった。そう、三次元方向に取り出せばいいのだ。線なんて、高さはゼロだ。ひょいとつまんで持ち上げてやれば、なんてことなく外に出すことができた。

それじゃあ、三次元の箱の中のものを、壁を壊さずに外に出すには——？

上下左右、それから前にも後ろにもぶつからない、もっと別の、立体物の構成要素とは違う方向に、ひょいとすり抜けるように移動させればいい。つまり——、

「四次元方向から、取り出せばいい」

　白夜の回答に、

「その通りです、白夜さん」瑠璃仁が拍手を送る。

「へえ……わ、わかるような、わからないような……」独り言をこぼす南。針間は腕を組んで黙って聴いている。

「では、三次元に囚われているあなた方を、四次元の方向に解放してあげましょう」そう言って瑠璃仁は今度は白紙を数枚取り出すと、鉛筆と共に回し配る。

「まずはこんなグラフを描いてください」

　瑠璃仁はホワイトボードに「＊」というアスタリスクマークのように交差する三本の線を大きく描く。それぞれ上と右、そして奥向きの矢印にする。y、x、zという記号も添える。x軸とy軸だけなら、数学の授業でよく描いた。それにz軸が加えられている。縦と横と奥行きそれぞれの軸ということだ。

「描けたら、この軸に従って、立方体を描いてみてください」

　これに沿って空間を意識しながらサイコロの形を描けばいい。簡単だ。全員が鉛筆を置くと、瑠璃仁が笑顔で言った。

「みなさん正解です」

　なんてことない。グラフの上に立方体を描いただけだ。

「では、問2。x、y、z軸に直角に交わるt軸を加えてください」

「描けるかよンなもん」

針間が即答して鉛筆を置く。白夜はまずはやってみようと頭をひねってみる。

「うーん……こうかなあ」

しかしたしかに、四本目の軸というのは原点に対しどの角度から挿し込もうと、他の三本の軸と直角つまり九十度ではなくなってしまう。針間の言う通り、たしかに描けない。

おそらく正解は、四次元方向からｔ軸を挿すということなのだろうが——三次元に生きている限り、図に描くことはできない、というのだろう。だが、脳内で理論上のｔ軸を描き加えるのだ。うまくイメージが追い付かないが……白夜が四苦八苦していると、

「別に描けとは言っていませんよ」

「あ？」

あっけにとられた針間とともに、白夜も瑠璃仁に視線を向ける。

「僕はできました」

瑠璃仁はそう言って紙に鉛筆を突き刺した。穴の開くときの、紙の破れる音が響く。

「はい。こうです」

図を紙ごとまっすぐ貫いた鉛筆。それをひょいを振ってみせる。

「四本目の軸は、この鉛筆です」

ｘ、ｙ、ｚ軸に沿って描かれた立方体の図の描かれた紙をまっすぐ貫く鉛筆。

「次元を超えるというのはこういうことです」

紙面に描かれた立方体の絵にばかり囚われていたが、言われてみれば確かにこれなら問題ない。貫き挿した鉛筆自体をt軸とするなら、紙に描かれたx軸y軸z軸の三本すべてに対して直角に交わる。なるほど……！　と、納得して思わず唸ってしまった。

「つーか、これとこの実験と、なんの関係があるんだ」吠える針間に、白夜も今の状況を思い出す。

「こんな感じにね。彼らの脳天に、軸を突き刺すってことですよ。認識、つまり精神そのものをありえない方向から変える——ま、少しは苦痛を伴うかもしれません。しかし、それにより得られるものには比べるべくもない」

「テメーでやってろ」

そう言って紙をびりびりに破る針間。瑠璃仁はその行為を見つめた後、静かに言う。

「いいえ、僕自身では病気が邪魔で実験にならないでしょうから」

第35話　見えていくものがあります。

そのとき、電子ノイズの混じったうめき声が部屋中に響く。

——「う……あ……」

瑠璃仁は講義を中断し、「どうしました、椋谷くん？」と窓際へ行ってマイクを握る。

「白夜、勝己……それから、だれだ？　知らない医者……？　と、ガキみたいな顔した……看護師が見える……」

「ほう……」瑠璃仁の瞳が見開かれた。「ついに見えましたか？　椋谷さん。そこから見えないはずの私たち——全体が見渡せているのですね！」

予測していたように、しかし興奮を抑えられないといった調子で、マイクを握る手に力がこもる。

「たまたま見えたんだろ。こっちからも向こうが見えるんだし、向こうだってこっちが見えるかも」と呆れ、冷ややかな針間。「最後の、ぼくのことかなあ……？」小声で言う南。

瑠璃仁はもうそんな声など耳に入らないのか、マイクをオンにしたまま問いかけ続ける。

「その箱から出られますか？」椋谷は音声で答えた。——「ああ。不思議だと、おかしいと、思うけど……でも、たぶんこっちから抜ければ……」

瑠璃仁の視線の先を追うように、白夜も窓から見下ろす。そこには、奇妙な体勢で固まる椋谷の姿があった。見えないジャングルジムにでも手や足をかけたようなな。よくその姿勢を保っていられるなと思うような位置で止まっていた。椋谷はその体勢から、さらに身をよじろうとしている。

（何をしているんだ？　椋谷さんは）

薬剤を投与されて正常な状態ではない被験者の行動に疑問を抱くのは無意味なことだろ

うか。

「なにっ」

研究室内が急にざわつく。白夜も目を見開いた。そして信じられないことが起きた。その手足が、欠けるようにしてなくなったのだ。ミロのヴィーナスの像のように、両腕が忽然と、ない。いったい、何が起きているのか？　出血はなく、椋谷に痛みもないようで、むしろ、本人は自分の手足が欠損していることに気が付きもせず、さらに奥へ奥へと体をよじっている。そしてそのたびに、体の欠落部分は様子を変えているのだ。最後は「ここか！」の声とともに、椋谷は空間に吸い込まれていった。

その場の全員が静まり返った。

「消えた……」

今のは、なんだ。

どうして、椋谷さんが、いなくなった？　いや、ただいなくなるだけじゃない。体が欠けていった。見えない扉に手をかけ足を踏み入れていくように。そしていなくなった。どこへ、行ってしまったのだろう。

弾かれたように部屋を飛び出していく瑠璃仁。はっとして白夜も追いかける。いくつもの扉をノックもなくいきなり開け、中にいる人を驚かせた。瑠璃仁はもちろんそんなことには目もくれず、次々と繰り返していく。彼には、椋谷の居場所に心当たりがあるのだろうか。

廊下を走り抜け、裏口のドアを開ける。外に出た。

夕方前の穏やかな日差しが入り、さわやかな風が吹いた。裏庭、研究施設を背にして
——椋谷が立っていた。放心状態ではあったが、しかし手も足も元に戻り、二本足でしっかりとその場に立っていた。

「ど、どうして……椋谷さんが、ここに!?」

さっきまで、あの立方体の中にいた椋谷は、いつの間にここへ出てきたのか。

椋谷は一人納得するように幾度も頷きながら、辺りをぐるりと見回している。

白夜の後ろから、

「なぜだ！　ありえない」「坊ちゃんの妄想じゃなかったのか?」「全部、チョウセンアサガオか何かの幻覚なんだろ!?　それなのに、一体これは——」

と、研究員が口々に言うのが耳に届く。

「何かの間違いだ！　あ、あ、ありえない！」

「現にありえています」

瑠璃仁は説明は不要だというように静かだが、確固たる口調で返した。しかし、曲がりなりにも研究職に就いているはずの男は、髪を逆立てる勢いで言い返した。

「こんなばかげた研究、初めからうまくいくわけがないんだ！　こんなのおかしい！　坊ちゃん、ああ、いったいなにをしたんですか！　お、お、恐ろしい……！」

心底おぞましいというように瑠璃仁から一歩二歩と後ずさる。

「ちがう僕は！　僕は――っ！」

差別的な頭ごなしの拒絶に、瑠璃仁は絶叫する。何度もこうして傷付いてきたことが伝わってくるような――しかし心臓を握り、落ち着かせるように胸に手を当てて息を吐き、

「……実証は、嘘をつかないでしょう？」

そう言って、微かに微笑む。「……皆さんにはもう少し、僕のことを信じ協力してもらいたかったです」

瑠璃仁は研究員たちに向かって静かにそういうと、すぐに視線を椋谷の方へと戻す。

「さて、外の世界……四次元の感覚を手に入れた椋谷くんの目にはどう映るのでしょうか」

椋谷は一度目をかたく閉じ、そして再び上を見上げる。

「さ、何が見えますか？」

瑠璃仁の問いかけに、椋谷が答える。「綺麗な……空が、見えるな」

「そうですか。白夜さんは？」

聞かれて白夜は、「見えます。空は……そうですね、綺麗です」と、迷いながら答える。

「いや、次元が違う」椋谷は首を横に振った。「空がこんなに綺麗だったなんて、俺は、知らなかった……」彼は、ひととき時間を忘れて見入っていた。ぽろっと、涙をこぼした。

「そうか……なるほどね。文字通り、次元が違うんだ。もう椋谷くんには、この空が四次元的に、美しく見えているんですね」

瑠璃仁は一人納得したように、顎に手をやり考え込む。

「円しか知らぬ二次元人が、球を見て感動するように」

目の前の事象を受け入れ始めたのか、研究員は大騒ぎしている。「こ、こんなの、ノーベル賞なんてモンじゃない！　世界が変わるぞ！」「坊ちゃん！　すぐに学会に発表しましょう！」「ああ……科学者として、なんという瞬間に立ち会えたんだろう、俺は！」

それはもう瑠璃仁の耳には届いていない。

隔絶された世界で一人、瑠璃仁は誰にともなく、そっとこぼす。

「ちなみに僕の目には、今、空がくすんで見えるんだ。僕は……バグってる。病気だから」

瑠璃仁の弱々しい声は、世紀の発見に沸く興奮の前では、一瞬にしてかき消されていた。瑠璃仁の病気は、平素には奇妙に見えるが、同じような奇妙さが認められた中で言えば、瑠璃仁のそれは人体の単なる故障だ。瑠璃仁には四次元が見えているわけでもなく、視界に映るのは神秘的でも何でもない。

「でも、いいんだ。僕の病気は、この研究を始めるきっかけになってくれた。そして、自分の理論の正しさは、証明された。その結果に、満足しているから。ごめんね椋谷くん、春馬、暁さんも……。傷つけて、苦しませて、ごめん。僕を信じてくれて、ありがとう」

白夜は自分の患者である瑠璃仁のその声が微かに聞こえた気がしたが、目の前に起きている事象を理解することで頭がいっぱいだった。

第36話　誓いを立てた道を歩いていきます。結局は。

「こんなこと……信じられるか、よ」

後方で呻く針間。椋谷の姿を確認し、「一卵性双生児か……？　さっきのはよくできたホログラムか……？　それとも……俺が……」

そう立ち尽くす針間の目の前に、今度は、

「わっ？」

患者服の暁が、いきなり現れた。

「あーっ！　外に出られました！　こっちから回り道すれば……そうかあ……っ。はあ。落ちるかと思いました……。あっ、瑠璃仁様、こっちはすごいです！　ちょっと行ってみますね!!」

そう言って、暁はまた忽然と姿を消す。合成写真のように、何事もなかったように。

「また、消えた……」

繰り返される超常現象に、白夜と針間は絶句する。

そのまま二人とも立ち尽くしていると、間を抜けて、電話機を片手に若い研究員が走ってきた。

「お邸から電話が転送されてきました！　サンパウロ日本国総領事館からです。パジャマのような服の矢取暁さんが、所持金もパスポートもなく、途方に暮れて泣いているとのことで……」

サンパウロ……？

ブラジルだ。暁さんが、ブラジルに？

「——ああ、はは。地球の裏側まで行っちゃいましたか。送金するから帰国させてくれるかな。明日の便ね、オーケー。羽田空港に迎えを用意しておきますよ」

瑠璃仁は電話を返すと、頷きながら面白げに言う。

「この世界は、ずいぶんくねくねした空間になっているんですね。二次元の紙で言えばくしゃくしゃに丸めたような感じだな。接した点から飛び移っちゃったか」

「下手な……芝居は……よせよ」

言い返す針間にも、もう力がこもっていない。

「明日、羽田まで一緒に迎えに行きます？　暁が帰国するのをその目で見たら少しは信じてもらえるでしょう」

「だから、双子かなんかなんだろ」

「帰国させる事務手続きに戸籍謄本が必要なので、その処理ついでに家系図でもお見せしますよ」

「一条家ともなれば、人ひとりの戸籍なんて隠せるに決まってら……」

「同一人物であることを証明しなければなりませんか……？　ふう。ここまで客観的に見て、苦しいのは間違いなく針間先生だと思いますよ」

苦しいという自覚は針間にもあるようだ。

「なんなんだよ……これは！」

眩暈を起こしたように、その場を立ち去る針間。玄関の方へ向かう針間を、白夜は追いかける。

「針間先生っ」

すぐに追いついた。針間は足を止め——その場に立ち尽くす。しゃがみ込む。「どうしたらいい……俺は一体……」

「先生、どこに行こうというんです、こんなときに！」

「くそっ、俺の頭がおかしくなったみたいだ……。それともやっぱ騙されてんのか」

顔面蒼白になりながら頭を回す針間に、白夜は横から言った。

「いいえ、俺だって同じもの目撃してますって！　瑠璃仁様の言っていたことが、正しかったんですよ！　先生戻りましょう！」

「……一人で行け！」

怒鳴るように言われた。なぜ？

「何言ってるんです？　瑠璃仁様が針間先生を探していますよ！」

「……っ。俺の診断が……間違っていた……なんて、そんなの信じられるか」

「間違っていたんです！　だから早く、戻りましょう！」

こんなところでしゃがみ込んで、何をしているのだろう。白夜は針間を連れ戻すために慌てて言った。

「ほらいつもあなたが患者に言ってきたことでしょう、現実逃避するなって——ねえっ！　どんなに酷い状態でも、目を逸らさず患者を治す、それがあなたの信念なのでしょう!?」

その瞬間、ものすごい勢いで胸ぐらをつかまれた。

「ああ——わかってるよ！　わかってる！　そんなこと！」

針間の顔が間近に迫る。白夜は息をのんだ。針間に怒鳴られたことはあったし、他の人に怒鳴る姿も何度も見てきた。だが、

「そうだな、ああ……」

そうして、針間は力なく手を放した。すぐに解放された白夜は、しかし服を整えるのも忘れてただその場に立ち尽くし、針間を見ていた。あんな顔で大声を上げる針間は一度も見たことがなかった。顔は赤く染まり、口から論理が出てこない——目をそらしてしまいたくなるほどに弱々しく、痛々しい、そんな姿など。

だが針間はもう、その視線を振り払うように白夜に言う。

「——でもお前にだけは、言われたくねえな」

「……っえ？」

「加藤、お前だって、ずっと瑠璃仁についていたんだろうが！」

白夜は何を言い出すのかと思って、針間を見上げた。

「あいつの元に、じゃあおまえはどんな顔で戻るんだ？　おまえはあいつに、何かできたのかよ!?」

その指摘に、グサッと、胸の奥底にナイフを突き立てられたような痛みが走る。しぼんでいく。心臓がどくどくと脈打つ。

瑠璃仁は幻覚、妄想に苦しみながら、それでも唯一残った、自分の正しい部分の証明を勝ち取るため、孤独になることを覚悟して、大切にしていた春馬に協力を求めた。瑠璃仁はずっと、孤独の中で闘い続けていた。

（今も――？）

俺は――それなりにやれていた愛長医大病院を自ら退職して――一条家に雇ってもらって――専属看護師になって――それで――瑠璃仁様に、俺、何ができたんだっけ。春馬は、苦しむ瑠璃仁にその身を差し出した。椋谷も、伊桜のために治験を引き受けたと聞いた。

（俺は……？）

自分は担当看護師として、あの人の何を見てきたんだろう。専属看護師が聞いて呆れる。あの人の――瑠璃仁様の何を見てきたんだ。俺は。最初に気付いたんじゃなかったのか。患者は人間だ。患者だからと言って人間性が固定されるわけじゃない。いろんな人がいるのだということを。いろんな人間――？　じゃあ瑠璃仁様は、どんな人間だったのだ――？　俺は、瑠璃仁様のどんな悲しみや孤独を癒したっていうんだ――？

白夜の後から、針間を追いかけてきた南。

――もしも、俺じゃなくて南なら、そんな瑠璃仁を、最後まで見つめ続けたのだろうか。そして、深いところまで降り立って、同じ景色を見て、共感して、そうして心に響く言葉を見つけ、傍にい続け救ったのだろうか。

白夜は初めは、今ここに座り込む針間は、自分の治療が間違っていたこと、瑠璃仁との勝負に負けたことが悔しいのだと思っていた。そこに、悼むような顔をした南の姿が視界に入って、それでようやく白夜は気が付いた。針間が、あの泣く子も黙る鬼の針間先生が、弱々しく打ちひしがれ、怯えているのだということに。意外すぎて信じられなかった。

（そうか、先生、あなたでも怖くなることが――あるんですね）

南はさすがだ。そんなことには、もうとっくに気が付いている。だから今、この状況だって、相手があの針間先生であったたって、きっと、心を救うような温かい言葉をかけるんだ。俺が、自分もいつか南みたいに――だなんてそんなこと、もう二度と、期待を抱けなくなるくらい完膚無き〝優しい言葉〟を――。白夜は呆然とその言葉を待った。

（……環境を、変えても――俺自身が、なんにも変わっていないんじゃ、意味がないよな）

南が――一歩踏み出す。

（俺、全然だめだった。俺じゃ無理なんだ。はっきりわかったよ南。俺は、おまえには、

なれない)

断罪されるつもりで、白夜は目を閉じた。

「針間先生、あなたは医師です!」

(南……?)

白夜ははっとして南の方を向く。南は震える足で進み出て、針間に対峙する。

「あなたは、医師です」

自分の口から出た自分の言葉にさえ傷ついたような顔で——それでも南は繰り返して、念を押して言う。「そうでしょう……?」

「ああ……俺は……医師だ……」

針間は、感情を殺すように、抑揚のない声で、しかし肯く。南は続ける。

「僕は、看護師です。あなたを信じ、あなたに従います。先生、一条瑠璃仁さんが待ってます。今までの診断の間違いは何ですか? どうしたら取り返せます? 次は何をします? 僕にできることは?」

畳みかけるその問いに、針間はついに黙り込む。

「——医者は、人間ではないのでしょう?」

針間の前に、白夜を押しのけ、南が立つ。

「じゃあ針間先生には、自信を無くすことなど、許されていません。だって感情を持つのは、人間だということじゃないですか!」

「……ああ。そうだな」

言葉がなんとか、針間の口から返される。白夜から見ても、憔悴しきった針間に、容赦しない南。

(南……おまえ……)

白夜が、南を止めようと思ったとき、

「いいんだ。針間先生には——これでいいんだ……」

独りごとのように、自分自身に言い聞かせるように、南は呪文のように何か言葉を繰り返していることに白夜は気が付いた。「いいんだ、いいんだ……」南だって今なお、何かと、闘っているのだ——と、白夜にも感じられた。

南は小さな手を、針間に差し出す。

「結果的に針間先生の診断は間違っていました。ありえないようなことでも、現に起きています。でもそれだけのことです。さあ、先生、立って」

その事実を、自分の憧れたあなたは、自分の招いたその結果、現実の痛みに、恐れをなして逃げ出すような、そんな弱い人間ではないはずだ。あなたが由とする、あなた自身は。

「ぼくは針間先生の強さを、信じていますから」

動けない針間の腕を勝手に取って担ぎあげる南の精悍なその表情に、あどけなさはもう感じられなかった。

そのとき足音がしたと思ったら、瑠璃仁が追いかけてきた。

「先生、まだ信じられないのですか？　理論は説明しましたよね。針間先生ならすぐにおわかりになるかと思いましたが」

そして、眉間にしわを寄せ、眼鏡を外す。

「――っ。失礼。ちょっと、頭痛が」

針間はもう一人で立ち上がると、静かに瑠璃仁の様子を見つめる。

「ああ……これは、僕のよくある症状です……。幻聴が、多すぎて……。僕が、病気でなければ、これで終わりでいいんですけどね……残念ながら、僕は僕で、医者がいてくれなくちゃ困るんですよ」

自分だけ、見られない、綺麗な夕日。影のような声たちに脅かされながら、惑わされながら、〝確かなもの〟だけを頼りに、歩いてきた。

「さあ、約束ですよ」

瑠璃仁は再び眼鏡をかけ直すと、追い縋る様に、針間を離さない。

「そういえば、そんなことも言ったな。……なんだ、言え。煮るなり、焼くなり、好きにしろ……」

「では遠慮なく――」

そして、心に決めていた願いを口にした。

「僕の主治医になってください」

「！」

針間の顔に、緊張が走る。瑠璃仁は、にっこりと微笑んだ。

――人間に戻ることはもう、あなたには許されていないんですよ……。

混沌の闇の中、針間の前に助けを求める患者がいる。それだけは、疑いようのない事実だった。針間はぐっと堪えるように、小さく息をして、そして深呼吸。もう一度見開いた目には、再び冷徹な光が灯る。瑠璃仁はその目に一つ頷くと「では、お願いしますね」と言い残して背を向け、一人、部屋に戻っていく。その背を見つめる針間俐久の横に南が並ぶ。痛かろうが辛かろうが、あるべき場所へと針間の背中を押すためでは、もうない。針間はもう、そこに立っている。降りるつもりなど更々ないと、自分は医師という鬼畜生になるのだと、言い聞かせて奮い立たせて独りずっと歩んできた、修羅の道の上に。「僕も、お供しますから」

「……南のくせして……生意気なんだよ」

「はい……すみません」

「おら、コレ持て。行くぞ、とっとと」

針間の持っていた医務鞄を肩代わりし、南が預かる。

「はい」

「…………おまえが泣くな、いちいち。泣いて何か変わるわけじゃねえだろうが」

「はい…………」

「……お前の鼻水、汚ねぇし」

濁流のように、重い泥が流れていく。

「はい……ぐずっ、ぐずっ」

「ああもう、鞄が濡れるだろぉ！　返せ！」

「やっ、やです！　持ちますっ！　持たせてほしいですっ！　わかりました、じゃあ泣くのやめますからっ！」

「……ったく」

努めて強く――そして勝手に、優しい。泣きながらでも、それでも歩き続ける。そんな後輩の成長している姿に、白夜はぎゅっと拳を握る。

（無理、じゃ……ない！　きっと無理じゃない、俺だって――っ）

俺だって、瑠璃仁様の眠れないとき、枕元に駆けつけた。本当は、俺が手を握ってあげたかった。できなかったけど、でも。瑠璃仁様が立ち直って、朝、元気に出かけていくのを見るとき、ああやっぱり、いいもんだな、って思ったから。俺だって、俺だって――っ。

「針間先生……っ」

「ああ？　なんだ」

白夜は追いかけ、問いかける。

「先生は、精神科の診療を手術に喩えましたけど、でも、じゃあ俺一つだけ納得できないことが、あるんです」

「……言ってみろ」

白夜は続けた。

「外科手術の時は、麻酔をするじゃないですか。もし麻酔もなしに、手術しようとしたら誰だって逃げたくなりますよ。よっぽどの意志の強い人じゃない限り、死にたくなります。どうですか？」

針間は少し納得したように、ふうんと視線を逸らした。そして言った。

「じゃおまえがやれ」

「え……？」

針間の視線の遠い先には、瑠璃仁の後ろ姿。

「注射得意なんだろうが」

第37話　優しい看護師になれていたら、嬉しいです。

瑠璃仁が研究から離れ治療に専念するのと、病態が急変するのは同時だった。今、深刻な状況だった。ベッドに座り込んで、自分を守る様に研究室用の白衣を頭からかぶって震えている。

「幻覚が見えてつらい……」

不安を小さく口にする瑠璃仁には、いつもの上品さや余裕、優雅さは、残っていない。

「つらいんですね」

その横には白夜がいた。その場から一切動けなくなってしまった瑠璃仁の世話を、何日も、何日も。付きっきりで。

針間は言った。「お前が全てを妄想で言っていたわけじゃないことはよくわかった。だから、薬の種類も量も、それを厳密に考慮した上で俺が出す。だから、まずは病気を治療しろ。治療すれば治るんだ、俺が保証してやる」そして瑠璃仁は了承し、投薬を開始した。

「いくつも、いくつも、声がする。ねえ、白夜、いる？」

「はい。ここにいますよ」

「白夜！　白夜っ、どこ？」

「ここです。ここにいますよ」

「本当だ……。良かった。もう二度と、見つけ出せないんじゃないかと、思って……」

「大丈夫ですよ」

「どこにも、行かないで。お願い……」

「お傍にいます。ずっと、僕が、お傍にいます」

「うん……」儚げな薄笑いを浮かべて、瑠璃仁は言った。「見知らぬ世界にいるんだ。世界が怖い。どんどん、強くなっていく世界が、僕を、丸呑みにしようとする……」

世界が怖い、とは、一体、どんな感覚なのだろう。

世界というものは、健康な、本来なら自分が確かめて作ってきたものだ。見て、聞いて、感じたことが、直接的にも間接的にも自分の世界を形作る。そして自分が生きていく地盤そのものになる。それは極めて自然で当然のことだ。しかし病に侵された瑠璃仁には――その〝当然〟が、損なわれている。見えないはずのものを見せられ、聴こえないはずのものを聞かされ、感じないはずのものを感じさせられる。自分が考えたことのない観念さえ、勝手に自分の中に侵入してくるのだ。自分が生きていく地盤となるはずの世界の方が、勝手に自由に生き物のように動き回り、自分がそれに呑まれ、引き摺り込まれていく。脈絡も論理もない。過去もなければ未来もない。あるのは、めまぐるしく翻弄されているいまだけ。だから世界が怖くなる。――これは医学が教えてくれることだ。境界失調症を患ったことのない白夜には、それ以上のことははっきりとはわからない。脳が出てくるという訴えの後で、瑠璃仁に耳の中にゼリーを入れられ、その幻触を疑似的に体験したときでさえ、白夜はすごく怖かった。きっと、本当の幻覚は、比べ物にならないほど恐ろしいことだろう。

「大丈夫ですよ」

「そうかな……？」

「はい。だって、針間先生が治してくれますよ」

「でもさ、治らなかったら？」

「？」

「だって、僕の精神は……壊れているから。ほらこんなにも、悪くなってしまったんだよ？」

瑠璃仁はぼんやりと虚空を見つめる。そこに何か見えるのだろうか。瑠璃仁を囲む世界は、白夜の見ている世界とどこまで同じものなのだろう。マホガニーの木の濃茶と黒でシックに揃えられたこの部屋。静かで、何の脅威もない、安全な場所。瑠璃仁自身の好みのもので埋め尽くした、瑠璃仁の部屋。そのはずなのに、彼は棚の影にさえただならぬ気配を感じ怯えて、ベッドの上で白衣を頭から被り、じっと身を硬くして息をひそめている。瑠璃仁は自嘲気味に、その聡明な瞳を白夜に向け――翳らせた。瑠璃仁ははっきりと、それが病によるものだということには気付いている。さあ……じゃあこの人は今、何を求めているのか。

「手や足だって……」白夜は、頭を高速回転させながら続ける。「骨折しても、ちゃんと治療すれば治りますよ。これからですよ」

「でも、治らないことだって……あるだろう？　こんな中で、どうやって生きていけばいいの？」

瑠璃仁のその声は震えていた。

（どうやって……生きていけばいいか、か……）

白夜は自分の胸の中で反響させ、思考する。怯えるこの人は、何を恐れているのだろう。何が怖いのか？　何が不安なのか……？　ほしいのはきっと、医学的な知識じゃない……ほしいのは、きっと気持ち。そうだ、だから、考えろ、俺！

「放っておくと、痛いまま、動かないまま、絶望を感じて……もう治らないんだと思うとも、あります……。治らないことを直視したくなくて、逃げてしまうことも、あるかもしれない……」

瑠璃仁が怖いものなしのような言動ばかりとっていたのは、現実を振り返るのが恐ろしかったからなのかもしれない。病者は狂うことを恐れるが、では狂ってしまえばもう怖いものなしというわけではない。その次は、自分が狂っていることを自覚することが、何より怖くなる。だけど。

「でも、じゃあ！　たとえ、治らなかったとしても。治らないことを受け入れたら、その先には今よりもっと素晴らしくなる選択肢が、たくさんあることに気がつきますよ！」

その先には。

「たとえば、足が壊死していたとしましょう！　もう死んでしまっていて、再生は不可能。ならば足に、別れを告げたら、切り落として、義足をつけます。初めは、扱いが難しいかもしれない。あるべきものがない現実に、戸惑うかも、しれない。でも、リハビリをすれば、自在に動かせるようになります。望めば、走ることだってできます！」

瑠璃仁は、黙って白夜の言葉を聞いている。白夜は少し止まり、また考え、話してみる。

「——とはいえ、そうですね……。誰もが、走れるのを目指して頑張らなくちゃいけないわけでも、ない。穏やかに車椅子で生活するのも、いいじゃないですか！」

白夜は提案した。「そうしたら、僕が押しますよ！」

「本当？」

瑠璃仁の丸い瞳が、自分を見つめる。

見たことも聞いたこともない現象に囲まれた中で、生きていかねばならない恐怖、そして孤独。耳から脳がもれ出てくる恐怖体験を、気味悪がるでもなく、呆れずに、一緒になって受け止めて——、どこまでも広がり、止むことのない空論も、ずっと傍にいてそのすべてに耳を傾けて、くれますか——？　と。

白夜は想像する。

あなたが森の中で道に迷い、一人で途方に暮れているというなら——。

僕があなたを捜しに行きます。それが実際に存在しない悪夢の中だとするなら、僕はあなたを起こしに行きます。寝覚めはあまりよくないかもしれませんが、僕がおいしいお茶を淹れます。

あなたが今、冷たくて苦しい海の底にいるというなら——。

僕も深く深く沈んでいきましょう。でもこれ以上は肺がつぶれると思ったら、僕が潜水艦を借りてきますから、乗ってくださいね。静かで暗い海の底も、案外心地いいかも。

あなたが今、石の中にいるというなら――。

どうしましょうか。真っ暗闇の中、身動きが取れないままは、怖くて苦しいでしょうから、神の手がそれを終わらせる時まで、そばにいましょう。そして何度でも生まれ変わって、はじめからやり直しましょう。

――そんなことが、実際に俺にできるだろうかと。

苦手だ。自信がなくて震えてくる。でも俺は、優しい看護師になりたくて、憧れて、必要としてくれている人の、かけがえない存在になりたくて、そんな未来がほしくて、だから生きている。向いていないとか、苦手だとか、失敗した回数なんて、何の意味もない。俺のことを必要としてくれている。俺はそれに応える。今度こそ、間違えることなく、無意識に逃げることなく。揺れるその瞳に対して、白夜は覚悟を決め頷いた。

「はい。僕が押します」

病に向き合う瑠璃仁の傍らにも、病状が良くなった瑠璃仁の傍らにも、自分がいたらい い。そんな自分でいたい。

「瑠璃仁様は、どんな自分でいたいですか？　僕が、サポートしますから――そこにどんな現実が待ち受けていたって、僕が、一緒に受け止めますから――だから、どうか聞かせてください。瑠璃仁様は、どんな未来がほしいですか？　何でも言ってください。大丈夫です！　だって僕が、どんなことがあっても僕が、あなたの傍でずっとずっと支えますから‼」

必死だった。どうか、どうかこの思いが、あなたの心に届いてください。もう一度俺を、信じてください。

「……ありがとう」

瑠璃仁は、もう一度、小さくそう返してくれる。

「いえ！　そんなっ……」

白夜は首を横に振った。感謝しているのは、自分の方だ。いつまでも、うまくできない、逃げてばかりの自分に、また心を見せてくれて、触れさせてくれて、こんな俺のような看護師にも、気持ちを、預けてくれること。そのおかげで俺は、今もこうして横に座らせてもらい、あなたの気持ちに共感できること。そんな——生きる力をもらっているのは、自分の方なのに。

「ううん、ありがとう」

瑠璃仁の頭を覆っていた白衣が、すとんと落ちた。現れた顔にきらめいているのは、涙だけじゃなくて——。

(瑠璃仁様が、笑ってる)

——笑っている。心から満たされたように、安心したように。俺の前でほっとして、笑ってくれている。白夜の心の中に、じわっと、温かなものがあふれてくる。瑠璃仁様が笑うと、ほら、俺も嬉しい。そう、嬉しいのだ。

……ああ、目指してきたことは、やっぱり間違っていなかった。

楽しいことばかりじゃなかった。苦しかったし怖いものばかりだった。逃げてばかりだった。

それでも、やっぱり目指すことをやめないでよかったと思えた。

傷ついた患者に対して、目を逸らさずきちんと見つめ、より良くなるよう支え、心通わすかけがえのない存在に、もっとなりたい。

俺も、少しは成長できたのかな。少しは理想に、近づけたかな。

もし、そうなれていたら、嬉しい。

第38話　そして人生の夢になったのです。

「白夜」

瑠璃仁は、真っ直ぐ射抜くように両の瞳を白夜に向ける。

「はい」

「どうして、白夜は、そうなりたいと思うの？」

理由？

「どうして、ですか？」

俺がこの道を志した理由だろうか。

言おうかどうしようか、少し悩んで——結局、

「実は、僕、父親が医者なんです」

白夜は、あまり人には言わないようにしていたことを打ち明けてみた。瑠璃仁はきょとんとして、「わお」と声を上げる。「お父様が、医者だったんだ？」納得するような、ますます不思議に思うような瑠璃仁に、白夜は付け加える。

「はい。……って言っても、親父はほんと、ロクな医者でもなかったんですけどね……あははは……」

「そう、なの？」

「ええ、もう。自分は父子家庭で育ったんですけど、父親は未婚で……物心ついて、同級生と自分の家庭を比べて、どうして自分には母親がいないのかって質問すると、俺が産んだーなんて、そんな理由で通されたり……なんて」

おかげで医者の息子にもかかわらず、間違った生物学的知識のままずいぶん長くいた。

「それに、今はどこで何しているのかも知らないし……あの人に育てられたとは、自分では思っていませんから」

「それで……どうして白夜は、看護師になったの？」

「はい、それは、ええと、あんまり人には言わないようにしているんですが……」

苦い記憶だ。

医者としても、父としても、人としても、――本当に最低な人だった。

仕事が多忙なのはわかる。未婚なのも、何か事情があったのかもしれない。でも――

✽

壁は手作りの折り紙とちぎり絵で彩られ、季節ごとに新しく替えられていた。

毎日のように、おもちゃの車のクラクションと、戦隊ヒーローの電子絵本からの効果音、それから赤ちゃんの泣き声が鳴り響いていた。

そこはにぎやかな小児病棟の八人部屋だ。

「えーん！　ちゅうしゃやだよう－！」

「なかない！　なかない！　いたいのいたいの、とんでけー！」

「外行きたい！」

「病気が良くなってからねー！」

「えーっ。やだっ！　サッカーしたい！」

「ボードゲーム対戦でがまん、がまん」

「売店行ってきていい？　コロコロ買って」

「ふろく目当てならダメよ？」

「えーいいじゃんケチ！　どうせヒマなんだからあーねえ買ってよー」

「まあ、そうね……入院中だけよ」

「はーい。よっしゃ」

幼い患者も、若い親も、看護師も、みんながエネルギーに満ちていた。ある者は、やがて過ぎ行く非日常を楽しみながら、ある者は必死に生きようとし、ある者はそんな姿を応援した。

窓際の一角を除いて。

「はーい、はくやくん～？　検温の時間よー」

「……いらないよ、そんなの」

「あらあらー？　どうしてかなー？」

「ぼく、病気じゃないもん」

「朝ごはんも食べてなかったわねー。どうしてかなー？」

「……」

「そんなんじゃ、栄養失調に、なっちゃうわよ～～～？」

「……栄養失調って、病気？」

「そうよ～」

「じゃ、昼ごはんも食べない」

「あらら一。白夜くんは、病気になりたいの？」

「……そうだよ」

だって、ぼくが病気ならすべてが丸く収まるんだ。

本当に病気で入院している子や、一生懸命看病に当たっている看護師さんに対して申し訳なく思う必要もなく、父さんに捨てられたなんて思わなくてもいい！

ここにいていいんだと、思えるから。

だから――。

「ねえ、どうやったら病気になれる？　治し方知ってるなら、病気のなり方も知ってるんでしょ。教えてよ、看護師さん」

ぼくは、本当は病気じゃない。

ぼくは健康だ。

健康なのに、どうしてぼくはここにいるの？

どうして誰も、迎えに来てくれないの？

そんなの答えなんてわからない。――知りたくもない。

だったら、病気になりたい。

ここにいる、理由をください。

「あらあら。病気になりたいなんて思う子はねえ～……」

それを聞いた看護師は、ツカツカツカと、靴音を鳴らしてにじり寄る。

（……叱られるパターンだ……）

悪いこと、言い過ぎたかな。

悪いのは、病気でもないのにここにいる、ぼくなのに。

お腹が痛くなってきた……。……あ、やった、病気かな？

「もう、病気なのよ」

「え」

「ホントにあるのよ？　ミュンヒハウゼン症候群っていうんだから」

「ぼく、病気？」

「ええ、そうよ」

「ぼく……病気、なのか……」

体中から、緊張が抜けていくのがわかった。

「だから、ここにいていいよ！」

お腹の痛みも消えた。

「でも、ここにいる子は、健康を目指さなくちゃいけないの」

「……どうしたらいいの？」

「リハビリしましょ！」

「リハビリ？」

それは、看護師のお手伝いだった。

小さい子も多くて、俺は時間の許す限り看護師の真似事をした。

今思えば、子供のお手伝いみたいに、看護師の手間ばかり増やしただけかもしれないけど、俺はそこで自分を受け入れられて、自分も役に立てていると思えて、心からここにいてもいいんだと思うことができて、やっと安定したんだ。

それは、ひきはじめていた心の病気を治すための、本当のリハビリだったのだと思う。

自分の病みかけた心を救ってくれたのは、優しい看護師さんだったから。太陽のように眩しくて、ぽかぽかと暖かくて、その輝きに憧れて、自分もそんな看護師になることが、人生の夢になったのだ。

✲

そこまで話して、白夜は一時中断した。針間が入室した。

「おー。入るぞ」

「あ、針間先生。お疲れ様です」

「主治医様のおなりだ。どーだ、具合は」

「まあまあです」

儚く微笑む瑠璃仁の下、針間は落ちている瑠璃仁の白衣を拾い上げる。

「加藤……あとで、ちょっと来い」

「はい?」

なんだろう。ここでは言えないようなことなのか。診察の後、白夜は瑠璃仁に断って針間の後に続いて外へ出る。

「さっきの話、あれは本当か？」

「えっ」

そのことか！　親父の話……聞かれていたのか。

「まあ、はい……恥ずかしい話」

「俺は……」針間は、ちょっと首をひねって言う。「加藤センセーに、会ったことある」

「え!?　あるんですか!?」

「まだ俺が研修医のころの話だ。外科で研修医やったときに、いた」

ごくり。そうか、同じ医者として――そういうこともあるだろう。

「家庭との両立だとかの話になったときに……言っていた。息子は母親の元に、預けている、と」

「え……？」今、なんて？

「自分の都合で、母を名乗らせてやれなかったことへの、せめてもの償いだと」

「どういう、こと……だ……」

白夜には、母親に育てられた記憶なんてなかった。病院に入れられて、学校は院内学級で、母親は、看護師に求めたんだ。

「看護師……？」

まさか。まさか――！「あの中に、本当の母親がいたのか!?」

本当の風邪を引いた時、ほとんどつきっきりで看ていてくれた人がいた。長い眠りから覚めてもまだ、手を握ってくれていた人が。白夜はそのとき、ああ、俺もこんな看護師になろう、って決めたのだ――。

「母さ……ん……だったのか」

エピローグ

季節は巡り、春になった。伊桜は熱を出すこともなく、元気に中学校へ通っていた。瑠璃仁の看護に専念していた白夜には、又聞きの噂の情報しかなかったが、伊桜の不明熱は、四次元の空間にある臓器が異変を起こしていたらしい。どうやって治したのかまでは知らされていないが、あまり知りたいと思えなかった。その理由は――最近近くで怪しげな人影を見かけるから……どうも見張られているような心地がする。瑠璃仁の治療は今でも困難を極めていた。今の環境下では、現実と妄想、幻覚を区別することが誰にもできないのだ。瑠璃仁の四次元の仮説は実証されてしまったし、しかも、勝己が友人である岩岬の――一条よりもはるかに権力のある岩岬家の力を借りて捜索したところ、瑠璃仁を監視している組織がいくつもいくつも判明してきてしまった。白夜が最近気になっている人影も、おそらくはその関連とのこと。世界を揺るがしかねない大きすぎる発見のために、隠れていた組織が活動を開始しているらしい。

「だーから、それはテメーの妄想だ」

瑠璃仁の自室で、針間が診察を開始する。

「いいえ。これは妄想ではありません。真実です」

「加藤、数学者と哲学者呼んで来い。金ならこいつが出す」

「ああ、はい、お願いします。たしかな腕のある公正な人物をよろしくお願いします」

さらりと頷く瑠璃仁。

「は、はい……」

こんな会話ももう日常茶飯事。白夜は手帳に、学者を手配するためのメモを書きつける。春馬がお茶を運んできてくれた。春馬は治験の影響であの後しばらく動けなかった。今でもまだ口を利くことができない。だが少しずつ以前の健康を取り戻してきたように思う。時間に都合がつく日は勝己も一緒に診察を受けていた。「二十四時間監視されてるって、本当気持ち悪いなあ。なんとかしなくちゃいけないね……一条家の総力を挙げて」

勝己の言葉に、針間はふて腐れたように言う。「くっそ、こんな会話の中にいると、マジでおれも病気になったんじゃないか……って思えてくる」

「大丈夫ですよ。皆さんは僕と違って、幻聴なんてないみたいですし。境界失調症って幻視のみが起こることは稀なんでしょう？　そもそもこれ、実際に起きている数学的に説明がつく現象なので、幻視でもないですし」

瑠璃仁に言い返す。

「幻聴のない境界失調症だって存在する。幻視だけの場合も稀にはあるし、数学的に説明がつくって言ったって、俺らの妄想じゃないとは言い切れない」

「そんなこと言ったら、新しい現実を受け入れることなんてできないですよ」

「……うーん」

やり取りを聞いていて白夜は頭を抱え込んだ。

「ああ……患者の気持ちが、わかってきました。僕」

「あーあー俺はわかりたくもねえよー……。ったく、ほんと、どうなってんだ……」

針間は耳をふさいでいる。

白夜はふと、初めて瑠璃仁と話した日のことを思い出した。そしてあの耳の中を流れていった生温かなゼリーの感覚。そう……もしこれが、自分の幻覚や妄想だとしたらどうしたらいいだろう。たとえば実は自分まで、寝ている間に瑠璃仁に薬を入れられていて、瑠璃仁と一緒に、みんなで幻視を見て妄想を膨らませているだけだとしたら。——やだやだ。背筋が凍る。でも、もしも自分が境界失調症になったら、誰に診てもらいたいだろう？　自分の体を預けるとするのなら、若槻先生？　針間先生？　それとも——。

「はあ。早く南が、優秀な医師になってくれないかな！」

南は看護師を辞めた。昔からの夢、医師を目指すと言って。

「おまえの寿命の方が先に来るんじゃねーの？」

「あっ、酷いですね針間先生。自分はちょっとストレートで合格してるからって」

「当然だ」

「でも、南が医者かあ……」

南が……。医者かあ……。南が……。

「不安げな顔してるお前の方がよっぽど酷いじゃねーか」

「し、してないですよっ。あいつは良い医者になります！　絶対！」

「ふっふ。来たらソッコーでいじめてやろ」

「やめてください……もう。ただでさえいつも、いっぱいいっぱいなのに……」

看護服の南の姿は、もう遥か遠く、懐かしく感じる。

「白衣の天使くん、って南を毎日崇めていたおじいさんおばあさんが、人生の楽しみを失ったようにしおれているそうですね……」

「あー残念ながら、南が医者として戻ってくる頃には、間違いなく死んでるなそいつら」

「そこまでは否定できませんが……もう！　死ぬとか、医者が簡単に発言しないでください！　そういう言葉に敏感な患者だっていますからね！」

それにしても南には看護師という職業、似合っていた。白夜からすると、羨ましいくらいに、もったいないくらいに似合っていた。

でも、南は南の、道を行くんだな。

「……よし！　じゃあ俺が、白衣の天使になります！」

「おまえが？　ぶっ」

「あっ！　笑うなんて！　真剣に言ってますよ」

「あっはっは。おもしれー」

針間だけでなく、その場にいる全員に笑われてしまった。

「そんな男くさい白衣の天使がいるかっつーの！」

「いや、見た目のことを言ってるんじゃなくて……！」

それでも。

俺は俺の、道を行こう。

あとがき

この度は、『四次元の箱庭』をお手に取っていただき、ありがとうございます。この物語の世界をあなたに届けることができて本当に嬉しく思います。

先にあとがきから読む方もいらっしゃると思いますので、ネタバレにならない程度に内容を少し紹介させてください。本作の要素を三つ挙げるとするなら、「精神科」「数学」「キャラクター小説」です。作中に「あと一つくらい頭のネジが外れれば、閉ざされているべき異次元の扉も開く」という台詞が出てきますが、常識を覆されたり、現実が崩されていく感覚を、キャラクター達の成長と共に体験していただければ、と思っています。また、続編や外伝に該当する作品等をホームページで公開していますので、ご興味ある方は「友浦乙歌」で検索してみてください。

それから、関わってくださった方々にお礼を。本作は主人公が看護師ということで、実際の看護師、医療関係の方に意見をいただきました。お忙しい中、ご協力くださり本当にありがとうございました。本作に登場する病名は架空のものではありますが、自宅近所の医大病院の図書館にもよくお世話になりました。そして、ド文系の友浦に数学の楽しさを教えてくれたすべての理系人、執筆中に近所のファミレスに集合して内容を一緒に整理してくれた元生徒会メンバー、本作主人公白夜のモデルである幼馴染のSちゃん、そして友浦の夢を理解し応援してくださる勤め先の社長にも、深く感謝しています。また、数多くのキャラクターを魅力いっぱいに描いてくださったイラストレーターの愛華様、タイトルロゴデザインの若杉道夫様・Kyo様、出版関係者様、本当にたくさんの方のお力添えにも心からお礼を述べたいです。そして、今回出版が実現した裏には、友浦の活動を支援してくださるファンの皆様の存在があります。特に、配信活動内で支えてくださるリスナーのみんなには声を大にしてお礼を言わせてください。ありがとう！

最後に、この本をお買い上げくださった方へ。私が心の底から楽しいと思った物語を、純度の高いまま放出してみたこの結果で、誰かが楽しんでもらえたなら、そんな奇跡は本当にありがたいことだなあ、と思います。どうか、気に入ってもらえることを、願っています。人生をかけて。

友浦乙歌

著者プロフィール
友浦 乙歌（ともうら おとか）
「無我夢中になる物語」を届けるために活動している小説家。
面白さに共感し、応援してくれる仲間を一人でも増やすため、毎日LIVE配信を行っている。

イラスト：愛華
タイトルロゴ：若杉道夫　Kyo

四次元の箱庭

2020年８月15日　初版第１刷発行
2021年11月30日　初版第２刷発行

著　者　友浦 乙歌
発行者　瓜谷 綱延
発行所　株式会社文芸社
〒160-0022　東京都新宿区新宿1－10－1
電話　03-5369-3060（代表）
03-5369-2299（販売）

印刷所　株式会社暁印刷

ISBN978-4-286-21873-1